CHEFS-D'ŒUVRE

DE

DÉMOSTHÈNE

ET

D'ESCHINE,

NOUVELLE TRADUCTION FRANÇAISE,

PRÉCÉDÉE D'UN DISCOURS PRÉLIMINAIRE, ET ACCOMPAGNÉE DE NOTES
ET D'ANALYSES ;

PAR M. L'ABBÉ JAGER,

ANCIEN PROFESSEUR DE L'UNIVERSITÉ, CHAPELAIN A L'HOTEL ROYAL DES INVALIDES

Τί δε, εἰ αὐτοῦ τοῦ θηρίου τ' αὐτὰ ῥήματα βοῶντος
ἀκηκόοιτε !

Que serait-ce donc, si vous eussiez entendu le
monstre lui-même !   PLIN. JUN.

TOME TROISIÈME.

(SECONDE PARTIE.)

PARIS,

A LA LIBRAIRIE CLASSIQUE

DE A. POILLEUX, ÉDITEUR,

QUAI DES AUGUSTINS, 57.
1840.

Neuilly. — IMPRIMERIE CLASSIQUE DE A. POILLEUX.

DISCOURS

SUR L'AMBASSADE.

SOMMAIRE

DU

DISCOURS SUR L'AMBASSADE.

Les Athéniens avaient fait la paix avec le roi de
Macédoine ; mais tous les jours ils eurent lieu de se
convaincre que cette paix était perfide. Philippe n'avait
envie que de désarmer les Athéniens, pour n'avoir pas à
combattre tous les Grecs à la fois. Déjà il avait pris
l'Holonèse et saccagé la Phocide. Démosthène, ami sincère
de la patrie, voyant la tournure que prenaient les affaires, s'en prit aux ennemis du bien public. Il voulut
les faire punir, ou du moins diminuer l'influence qu'ils
exerçaient. Il attaqua Eschine en particulier dans la
deuxième Philippique. Il ne se contenta pas de cette sortie
violente ; peu de temps après sa harangue sur l'Halonèse,
il apporta une accusation juridique contre Eschine, et
l'accusa, dans un discours intitulé παραπρεσϐείας, d'avoir
prévariqué dans son ambassade, et d'être la cause de
tous les maux que souffraient les Grecs. Son sujet était
bien difficile à traiter ; car, pour accuser un collègue sur
ce qu'il avait fait en Macédoine, il aurait fallu pouvoir
invoquer le témoignage des autres députés. Mais comme
ceux-ci étaient impliqués dans les mêmes intrigues et
coupables des mêmes crimes, ils étaient loin d'être disposés à attester contre eux-mêmes. Démosthène fut donc
réduit à établir son accusation sur des preuves purement

négatives. « Malgré la stérilité et la difficulté du sujet, dit Auger, le génie fécond de Démosthène lui présente une foule de présomptions qu'il emploie avec un art admirable. Les inductions qu'il tire d'une multitude de faits recueillis de toutes parts, un grand nombre d'objections qu'il prévient et qu'il détruit d'avance, les réflexions générales et les lieux communs qu'il insère avec adresse, les invectives violentes débitées sans ménagement contre l'accusé, le sel de l'ironie et du sarcasme qu'il répand sur lui à pleines mains, le ridicule ou l'odieux qu'il tache de jeter sur les citoyens qui sollicitent en sa faveur, ses efforts auprès des juges, pour former leurs cœurs à la compassion; tous ces moyens et d'autres réunis composent un discours varié et intéressant, j'y ajouterai un modèle pour les orateurs du barreau. »

1. Il commence par exhorter les juges à préférer aux intrigues le droit de la justice et la religion du serment.

2. Soin que prend Eschine à éloigner ceux qui peuvent lui être défavorables.

3. L'orateur entre dans les griefs qu'il reproche à l'accusé; il indique l'ordre de son discours, ordre qu'il ne suit pourtant pas exactement.

4. S'il parvient à convaincre Eschine de ces griefs, il sera justement condamné.

5. Eschine était d'abord l'ennemi le plus acharné de Philippe.

6. Il se déclare contre la paix et proteste de son dévouement.

7. Eschine se trouve changé tout-à-coup.

8. Paroles d'eschine à la tribune.

9. Démosthène chercha en vain à réfuter Eschine, il ne fut point écouté.

59. Outrage fait à une Olynthienne par Eschine.

60. Il ne peut se justifier sur aucun des griefs dont il est accusé.

61. Les députés sont convaincus par leur propre témoignage.

62. Eschine a éloigné Démosthène du tribunal au moment où il devait rendre ses comptes.

63. Les Athéniens ne doivent pas écouter Eschine, s'il répond à Démosthène par des reproches injurieux.

64. Ils doivent juger Eschine d'après ses actions, sans faire attention à ses talents.

65. Démosthène poursuit les députés pour montrer combien sa conduite était opposée à la leur.

66. Philippe ne récompense que ceux qui le servent, et déteste ceux qui sont opposés à ses projets.

67. L'éloge qu'il a fait des députés ne prouve pas en faveur de leur innocence.

68. Les Athéniens ont bien des raisons pour ne pas céder à la sollicitation de ses frères.

69. Eschine est convaincu par son propre témoignage.

70. Les preuves et les sentences qu'il a produites contre Timarque, peuvent lui être appliquées.

71. Eschine a tout sacrifié à l'amitié de Philippe.

72. Les vers de Solon forment une sentence contre lui.

73. Eschine doit être traité lui-même comme il a traité Timarque.

74. Maux qu'a déjà causés la contagion de l'envie.

75. La même passion a perdu les Olynthiens. Preuve de cette assertion.

76. Les Athéniens, seuls de tous les Grecs, ont l'avantage de posséder des modèles domestiques qu'ils peuvent suivre.

DISCOURS

SUR L'AMBASSADE.

---

1. Les efforts et les brigues (1) de mon adversaire dans cette cause vous sont, je pense, assez connus, Athéniens; puisque vous avez vu les sollicitations et les importunités qui ont accompagné le choix des juges de ce tribunal. Quant à moi, je ne viens pas vous demander autre chose que ce que l'équité veut qu'on accorde à ceux mêmes qui ne le demanderaient pas, savoir que ni la faveur ni la qualité des personnes n'aient plus de pouvoir auprès de vous que le sentiment de la justice et la religion du serment prêté par chacun de vous avant d'entrer dans cette enceinte; con

---

(1) Παραγγελία. Est *ambitus* et *preces amicorum pro eis causam dicentibus.* Ex edit. HERVAG.

sidérant qu'il y va de votre intérêt et de celui de
la République, et que les sollicitations et les intrigues des défenseurs de l'accusé ne visent qu'à
la satisfaction d'intérêts particuliers. Or, les lois
vous ont réunis ici, pour vous élever contre ces
prétentions et non pour les confirmer à des
hommes injustes.

2. Tous ceux qui ont pris une louable part
aux affaires, je les vois, lors même qu'ils ont
rendu leurs comptes, toujours prêts à répondre
à ce sujet (1) : il en est tout autrement d'Eschine.
Avant de comparaître devant vous pour se justifier, il a commencé par se débarrasser (2) d'un
de ceux qui devaient l'interpeller, et il ne cesse
de menacer les autres ; introduisant ainsi dans
le gouvernement la coutume la plus révoltante
et la plus funeste. Car si quelqu'un, ayant pris
une part quelconque aux affaires, se soustrait
aux accusations par la terreur qu'il inspire, et
non point par la justice de sa cause, c'en est fait
de votre autorité, elle est anéantie.

3. Quant à convaincre Eschine d'avoir indi-

---

(1) Ἀπολογίαν. Etiamsi rationes jam administratæ reipublicæ
reposciti fuerint, iterum tamen iterumque reddere rationem offe-
rentes et paratos. Idem.

(2) Ἀνήρηκε ne s'entend pas toujours de la peine capitale ; il
s'entend aussi de l'exil, ou de la peine infamante à laquelle
Timarque, dont il est ici question, avait été condamné.

gnement géré les affaires et mérité le dernier supplice, j'ose l'essayer et je me flatte d'y parvenir ;
mais ce que je redoute, malgré cette confiance, je
vais vous le déclarer, je n'en fais point un mystère :
c'est que dans toute cause portée devant vous,
Athéniens, l'époque n'importe pas moins que le
fond même de la cause, et je tremble que le long
espace de temps qui s'est écoulé depuis l'ambassade, ne vous en ait fait oublier les torts, ou ne vous
ait familiarisés avec eux. Il y a pourtant, selon
moi, un moyen pour vous de juger sainement et
de prononcer selon l'équité : le voici : c'est de
rechercher soigneusement et d'examiner sur quels
articles un député doit des comptes à l'état. Ce
sont avant tout, les rapports qu'il a faits ; secondement, les conseils qu'il a donnés ; troisième-
ment, le mandat qu'il a reçu de vous ; puis, l'emploi qu'il a fait du temps ; vient enfin la question
de savoir s'il s'est montré toujours incorruptible.
Et pourquoi cet examen ? Parce que c'est des rapports qui vous sont faits que dépend la justesse
de vos mesures. S'ils sont fidèles, vos délibérations
sont opportunes ; elles ne sauraient l'être, s'ils sont
faux. Quant aux conseils, vous aurez toujours
plus de confiance dans ceux des députés, les
supposant mieux instruits que personne au sujet
de leur mission. Il ne faut donc pas qu'un
député soit convaincu de vous avoir donné un

conseil mauvais ou même futile. Quant à ce que vous l'avez chargé de dire ou de faire, et notamment à vos ordres précis, il a dû s'y conformer rigoureusement. Admettons qu'il soit en règle sous tous ces rapports : pourquoi encore la question du temps ? Parce que souvent, Athéniens, le sort des plus grandes affaires dépend d'un moment ; si on le laisse échapper, si on le livre à l'ennemi, tous les efforts imaginables ne pourront le récupérer (1). Quant à recevoir des présents, si c'est au détriment de la patrie, vous avouez tous que c'est un forfait qui crie vengeance. Le législateur n'a point spécifié ce cas ; il défend simplement de recevoir des présents sous aucun prétexte, pensant, selon moi, que celui qui se serait laissé corrompre une seule fois ne pourrait plus s'occuper utilement des affaires de l'État.

4. Si donc, en m'appuyant sur des preuves évidentes, je parviens à convaincre Eschine de ne vous avoir point rapporté la vérité ; d'avoir empêché le peuple de l'entendre de ma bouche ; d'avoir donné des conseils contraires à vos intérêts ; de n'avoir point exécuté dans son ambassade les ordres que vous lui aviez donnés ; d'avoir consumé un temps précieux et fait perdre à la

---

(1) Οὐδ' ἂν ὁτιοῦν ποιῇ πάλιν......, *Quidquid postea fecerit, servare denuo poterit, vel nullo pacto denuo servare poterit.* Ex edit. HERVAG.

République les occasions les plus belles et les plus importantes ; d'avoir enfin, pour tout cela, reçu de l'argent avec Philocrate, condamnez-le, infligez-lui le châtiment dû à ses crimes. Mais, si je ne prouve pas ce que j'avance ; si même je ne prouve pas tous ces griefs, acquittez-le et prenez-moi pour un vil délateur. Je pourrais, Athéniens, produire bien d'autres griefs qui le rendraient odieux à tous ses concitoyens ; mais je veux, avant tout, m'arrêter à quelques particularités encore présentes à votre souvenir. Je veux vous rappeler quel système de politique il suivit d'abord (1), et quels discours il crut devoir tenir contre Philippe ; afin de vous faire voir clairement que ce sont principalement ses premiers actes, et son premier langage qui le convainquent de corruption.

5. C'est lui qui le premier des Atheniens s'aperçut, comme il le disait alors à la tribune, que Philippe tendait des piéges aux Grecs, corrompait quelques-uns des principaux chefs de l'Arcadie ; c'est lui qui, secondé par Ischandre, acteur sous Néoptolème, entretenait à ce sujet, tantôt le sénat, tantôt le peuple, et vous persuada d'envoyer des députés dans toutes les parties de la Grèce,

---

(1) Τάξιν ἔταξεν ἑαυτὸν..... *Quod institutum secutus sit, quem locum reipublicæ gerendæ capessierit.* Τάξις signifie d'ailleurs *emploi, charge.* Idem.

afin de rassembler ici les Grecs, et de délibérer en commun sur la guerre contre Philippe. C'est lui qui, à son retour d'Arcadie, vous rapporta ces beaux et longs discours qu'il prétendait avoir prononcés à Mégalopolis, devant une immense assemblée, contre Hiéronyme, orateur vendu à Philippe ; c'est lui enfin qui vous exposait quel tort faisaient à leur patrie, à la Grèce tout entière, ceux qui se laissaient corrompre et acceptaient l'or de l'ennemi.

6. Quand, après cette conduite d'Eschine, et ces gages qu'il vous donnait de sa fidélité, Aristodème, Néoptolème, Ctésiphon (1) et d'autres qui vous avaient rapporté de la Macédoine des nouvelles trompeuses, vous eurent persuadés d'envoyer des députés à Philippe pour la paix, vous leur associâtes Eschine, bien convaincus qu'il serait incapable de trahir vos intérêts, et de se livrer à Philippe, et qu'il surveillerait les autres députés. Car, d'après ses discours et la haine qu'il semblait porter à Philippe, vous deviez tous avoir de lui cette opinion. Immédiatement après, il vint me trouver, me détermina à faire partie de l'ambassade, et m'engagea fortement à agir de concert avec lui pour exercer une surveillance sévère sur les démarches du criminel et impudent

---

(1) Ce Ctésiphon n'est probablement pas celui qui décerna une couronne d'or à Démosthène.

Philocrate ; de sorte que , jusqu'à mon retour de la première ambassade , j'ignorais moi-même, Athéniens, sa trahison et sa vénalité. En effet, outre ses premiers discours, dont j'ai fait mention, il se leva dans la première assemblée , où vous délibériez sur la paix , et débuta ainsi (j'ai retenu ses propres termes) : « Je ne crois pas, Athéniens, « que Philocrate, quand il eût rêvé longtemps « aux moyens d'entraver la conclusion de la paix , « en eût pu trouver un plus sûr que son décret. « Pour moi, tant qu'il restera un Athénien, je « ne proposerai jamais une pareille paix , et pour- « tant je suis d'avis qu'on la fasse. » Tel fut son début , aussi concis que judicieux. La veille il avait déjà parlé dans le même sens devant vous tous. Le lendemain , lorsqu'il fut question de ratifier la paix , j'appuyai le décret des alliés , je m'efforçai d'obtenir une paix juste, avantageuse. Vous étiez tous de mon avis , vous ne vouliez pas même entendre la voix de ce méprisable Philocrate. Eschine se levant alors, monte à la tribune, et, favorisant les vues de Philocrate , il prononça ces paroles dignes de mille morts , ô grands dieux! Il osa dire « que vous ne deviez point « vous arrêter au souvenir de vos ancêtres , ni « écouter ceux qui vous parlaient de leurs vic- « toires sur terre et sur mer, et qu'il porterait « un décret, en forme de loi, d'après lequel

III.   17

« vous ne secouriiez que ceux des Grecs qui
« vous auraient secourus les premiers. » Voilà ce
que l'infâme, l'impudent ne craignit pas de pro-
férer en présence des députés de la Grèce que
vous aviez fait venir, d'après son avis, avant qu'il
se fût vendu.

7. Maintenant, Atheniens, vous allez apprendre comment, choisi par vous pour recevoir
les serments, il perdit un temps précieux ; comment il ruina nos affaires, et quelle haine il me
voua quand il me vit contraire à ses projets. Au
retour de cette ambassade, dont je lui demande
compte aujourd'hui, lorsque nous n'eûmes rien
trouvé de tout ce qu'on vous avait promis, et de
tout ce que vous attendiez lorsque vous fîtes la
paix ; lorsque nous eûmes reconnu que vous aviez
été complètement trompés, et que vos députés
avaient agi contrairement à vos ordres, nous nous
rendîmes au sénat ; ce que je vais dire est connu
d'un grand nombre d'entre vous, car la salle était
pleine. Je montai à la tribune, j'exposai la vérité,
j'accusai les coupables, et énumérai les espérances
que vous avaient apportées Ctésiphon et Aristodème : puis j'examinai les discours qu'Eschine avait
tenus pendant les négociations de la paix, et les
embarras dans lesquels il avait jeté la République.
Quant à ce qui nous restait, c'étaient les Phocéens
et les habitants des Thermopyles ; je conseillai de

ne pas les abandonner, d'éviter de tomber dans le même piége et d'être réduits à l'extrémité, en nous laissant conduire d'espérances en espérances, de promesses en promesses. Le sénat fut convaincu de la justesse de mes réflexions.

8. Lorsqu'on tint l'assemblée du peuple où nous devions parler, Eschine monta le premier à la tribune. Au nom des dieux, tâchez de vous rappeler ses paroles pour constater la vérité des miennes. Il est question ici de ce qui a causé la ruine totale de vos affaires. Il se garda bien de parler de l'ambassade ou de rappeler ce qui avait été dit dans le sénat, et d'élever des doutes sur la vérité de ce que j'avais annoncé ; mais il fit de si beaux discours, vous flatta de si grands et de si brillants avantages, qu'il finit par emporter votre conviction. Car il disait avoir déterminé Philippe à consulter toujours les intérêts d'Athènes dans les affaires relatives aux amphictyons, et dans toutes les autres. Il entrait dans un long discours qu'il prétendait avoir tenu devant Philippe contre les Thébains ; il vous en donnait le résumé, et calculait, d'après l'effet de son ambassade, que dans deux ou trois jours vous recevriez la nouvelle que Thèbes, à l'exclusion de toute autre place de la Béotie, était assiégée ; Thespis et Platée rétablis ; l'argent rendu au dieu, non par les Phocéens, mais par les Thébains qui

avaient conseillé l'invasion du temple ; et tout
cela devait se faire sans que vous fussiez obligés
de sortir d'Athènes, de prendre les armes et de
vous donner la moindre peine. Car il prétendait encore avoir prouvé à Philippe, que ceux
qui avaient conseillé ce sacrilége étaient aussi
coupables que ceux qui l'avaient exécuté, et que
les Thébains, en étant informés, avaient mis sa
tête à prix (1). Il assurait en outre que les Eubéens lui avaient exprimé leurs craintes et leurs
alarmes au sujet de l'alliance d'Athènes avec
Philippe, et qu'ils lui avaient dit : « Nous savons
« très-bien, ô députés de la Grèce, les conditions
« auxquelles vous avez fait la paix avec Philippe ;
« nous n'ignorons pas que si vous lui avez cédé
« Amphipolis, il s'est engagé à vous livrer l'Eu-
« bée. » Il avait réglé, ajouta-t-il, bien d'autres
affaires ; mais il ne voulait point en parler à cause
de l'envie que lui portaient quelques-uns de ses
collègues : c'est d'Orope qu'il voulait parler.

9. Couvert d'applaudissements par ce discours,
réputé excellent orateur, homme admirable, il
descendit de la tribune avec gravité ; je me levai
aussitôt, protestant de mon ignorance sur tous
ces points, et cherchant à vous rappeler une par-

---

(1) Χρήματα..... ἐπικεκηρυχέναι.... *Et ea propter Thebanos,
pecuniæ quamdam summam edicto pronunciâsse, ei dandam qui
eum interfecisset.* Ex edit. HERVAG.

tie de ce que j'avais dit au sénat.... Alors Eschine
et Philocrate m'interrompirent en criant à mes
côtés, et finirent par des éclats de rire. Vous avez ri
vous-mêmes, et n'avez pas voulu m'entendre, ni
croire autre chose que ce qu'Eschine vous avait
annoncé. Et certes il ne pouvait guère en être
autrement. Car quel homme, flatté de si grands
et de si nombreux avantages, eût supporté un
orateur qui affirmait qu'il n'y fallait pas compter,
et attaquait la conduite de ceux qui les promet-
taient? Tout le reste, sans doute, n'était rien,
comparé à ces magnifiques espérances. Contredire
ces hommes, c'était abuser de votre attention par
un sentiment de jalousie : ce qu'ils avaient fait,
paraissait admirable et infiniment avantageux à
la République.

10. Mais pourquoi vous ai-je d'abord rappelé
ces choses, et pourquoi suis-je entré dans ces
détails? Ma première et principale raison, Athéniens, c'est afin qu'aucun de vous ne se refuse à
me croire quand il m'entendra m'élever contre
ce qui s'est fait, et ne le trouve étrange et inop-
portun, m'objectant que je ne vous en ai rien
dit dans le temps; mais que vous rappelant les
promesses dont les traîtres se sont servis en toute
occasion pour fermer la bouche à quiconque
voulait parler, et les espérances magnifiques dont
Eschine vous flattait, vous sachiez qu'entre autres

préjudices, il vous a empêchés, par ces illusions et ces promesses mensongères, d'entendre la vérité en temps opportun. Voilà donc, avant tout, ce qui me fait entrer dans ces détails. Ma seconde raison n'est pas moins importante, j'ai voulu qu'après vous être rappelé le système suivi par Eschine encore intègre, combien il était ferme, combien il se défiait de Philippe, vous considériez la confiance et l'attachement qu'il lui témoigna soudainement; j'ai voulu enfin que, si les événements qu'il a annoncés sont arrivés, et si nos affaires sont en meilleur état, vous fussiez convaincus qu'il a agi avec droiture et dans l'intérêt de la République; mais que, s'il est arrivé tout le contraire; si la République n'en a recueilli que la honte et de grands dangers, vous voyiez que son changement inopiné n'est dû qu'à un vil intérêt qui lui a fait vendre la vérité.

11. Je vais, puisque je suis tombé sur ce sujet, vous montrer d'abord comment on vous a enlevé la gestion des affaires de la Phocide. Qu'aucun de vous, Athéniens, en considérant la gravité des événements, ne regarde comme hors de la portée d'Eschine les crimes dont je l'accuse; mais que chacun réfléchisse bien qu'un homme quelconque à sa place, comme lui, maître des conjonctures, décidé à vous tromper et se vendant à nos ennemis, n'eût pas fait à la République moins de mal que

ce traître. Car, si quelquefois les hommes à qui
vous accordez votre confiance sont méprisables,
les intérêts dont les peuples vous ont chargés ne
le sont pas, il s'en faut bien. Sans doute, c'est
Philippe qui a perdu les Phocéens, mais nos députés l'ont secondé. Il s'agit d'examiner et de voir
s'ils ont perdu et ruiné volontairement toutes
les ressources que leur offrait l'ambassade pour
sauver les Phocéens, et non point si Eschine tout
seul eût pu perdre la Phocide, comment eût-il
pu le faire? Donnez-moi le décret rendu par le
sénat sur mon rapport, et la déposition du citoyen
qui l'a rédigé, afin qu'on voie que je ne me suis
point tu alors; que ce n'est pas d'aujourd'hui que je
me sépare de mes collègues; mais que j'ai réclamé
sur-le-champ et prévu l'avenir; et que le sénat,
à qui il me fut permis de dévoiler la vérité, ne
leur accorda aucun éloge, et ne leur fit pas l'honneur de les inviter au Prytanée. Cet affront qui,
depuis la fondation de notre ville, ne fut jamais
reçu par aucun député, pas même par Timagoras,
que le peuple condamna à mort, cet affront, dis-je,
leur a été fait. Lisez leur d'abord la déposition et
puis le décret.

DÉPOSITION ET DÉCRET.

On ne voit dans ces pièces ni éloges des députés ni invitations au Prytanée de la part du sénat.

Si Eschine possède un acte de ce genre qu'il le montre et le produise, et je descends de la tribune ; mais il n'en existe pas.

12. Si donc tous sans exception nous nous sommes mal conduits dans l'ambassade, le sénat avait le droit de ne faire l'éloge de personne, puisque tous nous eussions été coupables des mêmes prévarications. Mais si les uns ont agi avec droiture, et les autres avec perfidie, il est probable que les députés intègres n'ont dû qu'à la déloyauté de leurs collègues la part de l'affront. Comment distinguerez-vous le député perfide? Rappelez-vous celui qui s'est plaint dès le principe. Car il est évident que le coupable n'avait rien de mieux à faire que de se taire, que de laisser passer le temps, et de ne pas rendre compte de ses actions ; tandis que le député innocent, s'il gardait le silence, confirmait le soupçon d'avoir trempé dans ces odieuses menées. Or c'est moi qui me suis levé le premier contre les autres, et personne ne s'est levé contre moi.

13. Le sénat avait rendu son décret, le peuple s'assembla ; Philippe était déjà aux Thermopyles ; et certes la première de toutes les prévarications fut de le laisser intervenir dans les affaires, et de vous réduire, lorsqu'il fallait vous instruire, délibérer, et mettre vos mesures à exécution, à apprendre tout à la fois, et que Philippe était

maître de ce passage, et qu'il était difficile de vous
dire ce qu'il y avait à faire. En outre, personne
ne vous montra le décret; de manière que le
peuple n'en eut pas connaissance. Eschine monta
aussitôt à la tribune, et vous dit ce que j'ai rapporté; il vous annonça de grands et de nombreux
avantages que Philippe devait vous procurer.
C'était pour cela, disait-il, que les Thébains
avaient mis sa tête à prix. Vous qui aviez été d'a-
bord si effrayés de la marche rapide de Philippe,
et si irrités contre les députés qui avaient négligé
de vous en prévenir, vous vous laissâtes radoucir
par l'espérance que tout irait au gré de vos désirs,
et vous ne voulûtes entendre ni moi ni aucun
autre orateur. Puis on vous lut une lettre de Philippe qu'Eschine avait sans aucun doute composée après notre départ, et dont le but était évidemment de justifier les prévaricateurs. Philippe
vous marque en effet que c'est lui qui a empêché
les ambassadeurs d'aller dans les différentes villes
où ils devaient se rendre pour recevoir les serments; qu'il les a retenus pour travailler à la
réconciliation des habitants d'Ale avec ceux de
Pharsale. Enfin il prend tout sur lui, il se rend
responsable de leurs prévarications. Quant aux
Phocéens et aux Thespiens, et à tout ce qu'Eschine nous annonçait, il n'en dit pas un seul mot.
Il avait ses raisons pour cela. En effet, il prend

sur lui la faute des députés qui méritaient d'être
punis pour n'avoir point exécuté ce que votre décret leur avait enjoint, il en assume la responsabilité, lui qui n'avait à redouter aucun châtiment
de votre part. Mais les promesses dont il se ser-
vait pour vous séduire et enlever le bien de la
République, c'est Eschine qui les annonçait, afin
qu'on ne pût se plaindre de Philippe, qui n'en
avait parlé ni dans ses lettres ni dans aucun autre
écrit. Greffier, lisez-leur la lettre qu'Eschine a
composée, et que Philippe a envoyée, et l'on
verra que les choses sont telles que je les rapporte. Lisez :

LETTRE DE PHILIPPE.

Vous voyez, Athéniens, combien cette lettre
est belle et obligeante ; mais pour ce qui concerne
les Phocéens, les Thébains, et les autres avantages annoncés par Eschine, il n'en est pas tant
soit peu question.

14. Donc rien de sincère dans cette lettre, et
vous allez en juger vous-mêmes. Car les Aléens,
pour la réconciliation desquels Philippe prétendait avoir retenu les députés, ont été tellement réconciliés qu'ils ont été chassés de leur
pays ; et que leur ville a été détruite. Ce même
homme, qui cherchait en quoi il pourrait vous
obliger, dit maintenant qu'il n'a pas eu même

la pensée de relâcher vos prisonniers. On vous a attesté dans l'assemblée du peuple, on l'attestera encore, que je suis parti d'ici porteur d'un talent pour leur rachat. C'est pour m'enlever l'honneur de cette générosité, qu'Eschine a déterminé Philippe à vous écrire cette lettre. Mais voici ce qu'il y a de plus fort. Dans la première lettre qu'il vous a écrite, et que nous vous avons remise, il vous dit qu'il vous aurait déclaré en termes précis tout le bien qu'il voulait vous faire, s'il avait été sûr de votre alliance. Or, après l'alliance conclue, il déclare qu'il ne sait en quoi il pourrait vous obliger, ni ce qu'il a promis. Il le saurait certainement, s'il ne vous avait pas joués. Mais pour vous convaincre que Philippe a réellement écrit ce que j'avance, greffier, prenez la lettre, et lisez l'article en question. Lisez.

LETTRE DE PHILIPPE.

Ainsi avant d'avoir obtenu la paix, il promettait de vous écrire et de spécifier le bien qu'il voulait faire à la République, si toutefois vous ajoutiez l'alliance à la paix; et après que l'une et l'autre ont été accordées, il dit qu'il ne sait en quoi il pourrait vous obliger; si vous le lui dites (1), il vous répond qu'il ne peut rien faire de contraire à son

---

(1) Ἀφίσταμαι. *Je ne veux rien de ces choses, je ne veux pas y avoir la moindre part.* Ex edit. Hervag.

honneur ou à sa gloire ; ayant ainsi recours à des
subterfuges, afin que, si vous venez à vous expliquer et à lui demander quelque chose, il ait une
défaite toute prête.

15. On eût pu, sans doute, dévoiler sur-le-champ
ces manœuvres et bien d'autres encore ; on eût pu
vous en instruire, et vous empêcher d'abandonner
les affaires, si les promesses au sujet de Thespie,
de Platée, et de l'humiliation prochaine des Thébains, ne vous eussent entièrement caché la vérité.
Certes, si l'on voulait vous amuser par de vaines
paroles, et tromper la République, on avait raison de tenir ce langage ; mais, si l'on voulait réa-
liser ces espérances, il fallait se taire. Car si les
affaires étaient venues au point que les Thébains,
même ne prévoyant pas leurs maux, ne pussent
plus les éviter, pourquoi n'en ont-ils rien souffert ?
S'ils les ont évités parce qu'ils les ont prévus,
qui en a parlé ? N'est-ce pas Eschine ? Mais ces
choses ne devaient point arriver ? Eschine ne le
voulait pas, ne l'espérait pas ; aussi je ne lui fais
pas un crime d'avoir parlé ; il fallait vous séduire
par des promesses flatteuses, vous empêcher d'entendre la vérité de ma bouche, vous engager à
rester tranquilles chez vous, et faire passer un
décret tendant à la perte des Phocéens ; tel était
le but de ses manœuvres et de ses discours.

16. Lorsque j'entendais ces magnifiques pro-

messes d'Eschine, sachant parfaitement qu'on
vous trompait,— voici pourquoi : d'abord lorsque
Philippe voulut jurer la paix, nos traîtres annon-
çaient que les Phocéens étaient exclus du traité ;
c'est ce qu'il fallait omettre et passer sous silence,
si on voulait réellement le salut de ce peuple ; ensuite, ce n'étaient ni les ambassadeurs de Philippe ni ses lettres qui vous faisaient ces promesses, mais bien Eschine. —Le jugeant sur cela,
je montai à la tribune avec l'intention de le combattre, vous refusâtes de m'entendre ; je m'arrê-
tai, et protestai seulement au nom des dieux,
(rappelez-vous ce fait), que je ne connaissais pas
ces promesses, que je n'y croyais pas ; et j'ajoutai
même que je n'en attendais pas l'accomplisse-
ment. Comme je vous voyais choqués de ces derniers mots, eh bien! disais-je, Athéniens, si ce
qu'ils annoncent se réalise, accordez-leur des
éloges, des honneurs et des couronnes, et ne
faites rien pour moi ; s'il arrive tout le contraire, montrez-leur toute votre indignation ; pour
moi, je me retire (1). Non, dit Eschine, ne te
retire pas maintenant. Mais ne va pas t'attribuer

---

(1) Ἐὰν δ' ὑμεῖς λέγητε. Sensus est : *Quod si vos eum certiorem
feceritis*, sc. Quibus in rebus civitati gratum facere possit, *se ea
facturum, quæ sibi nec pudori, nec dedecori, futura sint*, ad
has excusationes confugiens, ut etiam si vos animum inducatis
ad aliquid proferendum et postulandum, hunc receptum sibi relin-
quat. JURIN.

dans la suite ce que nous t'annonçons. Non, répliquai-je, je serais dans mon tort. Philocrate alors se leva, et dit insolemment : « Ne soyez « pas étonnés, Athéniens, que Desmothène et « moi nous n'ayons pas les mêmes sentiments : il « boit de l'eau, et moi je bois du vin. » Et cette plaisanterie vous fit rire.

17. Examinez maintenant le décret que Philocrate donna à lire au greffier. Au premier abord il paraît très-beau, mais, quand on réfléchit au temps où il a été écrit et aux promesses d'Eschine, il devient évident qu'ils n'ont fait autre chose que de livrer les Phocéens aux Thébains et à Philippe ; il ne leur manquait que de les garrotter.

DÉCRET.

Vous voyez, Athéniens, combien ce décret est flatteur et bienveillant. On y stipule la paix et l'alliance en faveur de Philippe et de ses descendants ; on y loue Philippe d'avoir promis de faire ce qui est juste. Mais Philippe ne vous avait rien promis ; il en était tellement éloigné, qu'il prétend maintenant ne pas savoir en quoi il pourrait vous obliger. C'est Eschine qui tenait ce langage et qui promettait pour lui. Philocrate alors, profitant de l'impression produite en vous par ces paroles, mit dans son décret que si les Phocéens n'agissaient pas comme ils le devaient, s'ils ne

rendaient pas le temple aux Amphyctions, le
peuple d'Athènes prendrait les armes contre les
récalcitrants.

18. Ainsi donc, Athéniens, lorsque vous fûtes
restés chez vous, négligeant de vous transporter sur
les lieux, et que les Lacédémoniens se furent retirés, parce qu'ils s'étaient aperçus de la fraude,
aucun des peuples amphyctioniques n'étant présent, à l'exception des Thessaliens et des Thébains,
Philocrate, le rusé Philocrate proposa de livrer
le temple à ceux-ci, en proposant de le rendre
aux amphyctions. A quels amphyctions, puisqu'il
n'y avait de présents que les Thébains et les
Thessaliens? mais il ne proposa pas de convoquer
les amphyctions, et d'attendre qu'ils fussent réunis; il ne proposa pas d'ordonner à Proxène de
secourir les Phocéens, et de faire sortir les Athéniens de leurs murs; il ne proposa rien de tout
cela. Cependant Philippe vous a adressé deux
lettres d'invitation : mais il ne prétendait nullement vous faire sortir de vos murs : autrement
il n'eût pas choisi pour vous y exhorter le moment où il vous était impossible de le faire; il
ne m'eût pas empêché de partir, comme je l'a-
vais résolu, et n'eût pas chargé cet homme de
vous tenir de ces discours si propres à vous faire
rester chez vous. Il vous écrivit afin que, persuadés qu'il agirait selon vos désirs, vous ne

rendissiez aucun décret contraire à ses intérêts ; afin que les Phocéens, se reposant sur vous, ne songeassent point à se défendre, ne fissent aucune résistance, et finissent, dans leur désespoir, par se livrer à lui. Greffier, lisez les lettres de Philippe.

LETTRES DE PHILIPPE.

Il est vrai que ces lettres nous invitent à sortir, et même sur le champ ; mais si elles eussent été tant soit peu sincères, Eschine et les autres avaient-ils autre chose à faire que de les appuyer, de vous engager à faire sortir vos troupes, et de demander que Proxène, qu'ils savaient n'être pas éloigné de la Phocide, allât sur-le-champ au secours de ses habitants ? Ils ont fait évidemment tout le contraire ; et ils le devaient en effet. Car il ne s'arrêtaient pas à la teneur des lettres, ils ne regardaient que le but qu'avait Philippe en les écrivant. C'étaient donc ses vues qu'ils secondaient et qu'ils appuyaient de toutes leurs forces.

19. Quand les Phocéens eurent appris ce qui s'était passé dans votre assemblée, et eurent sous les yeux ce décret de Philocrate, le rapport et les promesses d'Eschine, ils se virent perdus en toute manière ; c'est ce que vous allez comprendre. Quelques-uns, les plus sensés d'entre eux, qui s'étaient défiés de Philippe, finirent par se laisser séduire ; et pourquoi ? parce qu'ils pensaient que, quand

même Philippe les eût trompés mille fois, les députés des Athéniens n'oseraient tromper leurs concitoyens; que les rapports d'Eschine étaient conformes à la vérité, et que Philippe viendrait pour la perte des Thébains et non pour la leur. D'autres étaient d'avis de tout souffrir et de repousser Philippe; mais ce qui les adoucit, ce fut la persuasion que Philippe deviendrait leur ami, et que s'ils remuaient, vous marcheriez contre eux, vous dont ils avaient espéré recevoir le secours. Quelques-uns pensaient que vous vous repentiez d'avoir fait la paix avec Philippe, mais on leur faisait voir que la paix conclue par vous s'étendait à vos descendants, en sorte qu'ils n'avaient plus absolument rien à espérer de votre part. C'est pourquoi ils ont réuni en un seul tous les articles du traité; en quoi, selon moi, ils vous ont porté le coup le plus funeste. Car jurer un traité de paix avec un homme mortel et puissant pour le moment, c'est sanctionner la honte éternelle (1) de la République, c'est éloigner d'elle, non-seulement tous les bienfaits que la fortune nous offre, mais encore ceux qu'elle nous offrira, et pour comble de scélératesse, c'est

---

(1) Ἀθάνατόν ne se rapporte pas à εἰρήνην, comme la plupart des traducteurs l'ont cru, mais à αἰσχύνην. Taylor a fort bien expliqué ce passage. « Vos, ubi cum viro mortali pacem decerneretis, immortale civitatis vestræ opprobrium pacisci. » Ce qui suit confirme ce sens.

léser tout à la fois et les Athéniens d'à présent et ceux à venir : quoi de plus odieux? Jamais vous n'auriez admis le dernier article, où vous vous engagez vous et *vos descendants* à garder la paix, si vous n'eussiez cru aux promesses d'Eschine, à ces promesses qui ont inspiré aux Phocéens une confiance si désastreuse. Ils se sont abandonnés à Philippe, ils lui ont livré volontairement leurs villes, et ils ont éprouvé un sort tout différent de celui qu'Eschine avait promis devant vous.

20. Mais, afin que vous soyez bien persuadés que ce sont Eschine et les députés qui ont tout perdu, je vous rappellerai l'époque de chaque événement. Que celui qui verra matière à me contredire en quelque point monte à cette tribune et parle à ma place. La paix fut conclue le 19 du mois élaphébolion. Nous voyageâmes trois mois entiers pour recevoir les serments, et pendant tout ce temps, les Phocéens n'eurent rien à souffrir. Nous revînmes de notre ambassade le 13 du mois scirophorion, mais déjà Philippe était aux Thermopyles et faisait aux Phocéens des promesses auxquelles ils ne croyaient point. Ce qui le prouve, c'est qu'ils nous ont envoyé des députés. Le 16 du même mois se tint l'assemblée dans laquelle Eschine et ses complices perdirent tout par des rapports mensongers et des promesses illusoires. Je pense que les Phocéens ont connu

cinq jours après le résultat de vos délibérations,
car leurs députés étaient présents, et ils ont dû
être attentifs aux rapports des nôtres et à vos dé-
cisions; je pose donc que c'est le 20 que les Phocéens ont connu le résultat de vos délibérations,
car du 16 au 20 inclusivement il y a cinq jours. Les
jours suivants furent le 10, le 9, le 8; c'est dans
ce dernier que se fit l'alliance qui a perdu, et
anéanti les Phocéens. Quelle en est la preuve?
C'est qu'à la fin du quatrième jour vous étiez
assemblés pour délibérer sur vos arsenaux, lorsque Dercylle, revenant de Chalcide, vous annonça
que Philippe avait tout livré aux Thébains, et
il y a cinq jours, disait-il encore, que l'accord a
été conclu. Or du 4 au 8 il y a cinq jours. Nos
députés sont donc convaincus, et par l'époque
même de leur rapport, et par celle de leur décret,
ils sont convaincus par le concours de toutes les
preuves, d'avoir favorisé Philippe, et coopéré à
la ruine des Phocéens.

21. Encore une preuve plus forte que les
Phocéens ont péri pour s'être laissé persuader
par nos députés que Philippe les sauverait, c'est
qu'aucune de leurs villes n'a été assiégée ou prise
d'assaut, mais que toutes ont été détruites par
suite du traité conclu avec un prince dont ils
connaissaient la perfidie. Qu'on me donne le traité
d'alliance avec les Phocéens, et le décret d'après

lequel Philippe a détruit leurs villes, afin que vous voyiez, Athéniens, ce qu'ils devaient attendre de vous et ce qui leur est échu, grâce à ces ennemis des dieux. Lisez.

ALLIANCE DES ATHÉNIENS AVEC LES PHOCÉENS, — DÉCRET :

L'amitié, l'alliance, du secours, voilà donc ce que les Phocéens devaient attendre de vous. Écoutez ce qu'ils ont éprouvé, grâce à cet homme qui vous a empêchés de les secourir. Lisez :

TRAITÉ DES PHOCÉENS AVEC PHILIPPE.

Vous l'avez entendu : l'*alliance de Philippe et des Phocéens*, non pas *des Thébains et des Phocéens*, ni *des Thessaliens et des Phocéens*, ou *des Locriens*, ou de tout autre peuple représenté à l'assemblée ; voyez ensuite : les Phocéens livreront leurs villes à Philippe, non point aux Thébains, ni aux Thessaliens, ni à tout autre peuple. Et pourquoi? Parce que Philippe, vous ayant fait annoncer par Eschine qu'il venait au secours des Phocéens, ceux-ci se fiaient totalement à lui ; ils rapportaient tout à lui, et c'est avec lui qu'ils faisaient la paix. Continuez, greffier, et vous, Athéniens, voyez ce qu'ils ont attendu et ce qu'ils ont souffert ; est-ce là, je vous le demande, ce que leur avait promis Eschine, ou est-ce quelque chose d'approchant? Lisez.

DÉCRET DES AMPHYCTIONS.

Jamais de votre temps, Athéniens, jamais la Grèce n'avait vu d'événements plus fâcheux, plus graves, plus importants, et peut-être même on n'en trouverait pas d'exemple dans les siècles précédents. Grâce aux députés d'Athènes, un seul homme, Philippe, est devenu l'arbitre suprême de nos destinées ; et cela lorsqu'Athènes est debout, Athènes qui a reçu de ses pères le privilége de commander à la Grèce, et de ne pas souffrir de pareils attentats !

22. Pour apprendre comment ont péri les malheureux Phocéens, nous ne devons pas nous arrêter aux décrets, il nous faut voir aussi ce qui est arrivé. Spectacle affreux et lamentable, Athéniens. Quand nous allâmes à Delphes, force nous fut de voir toutes ces ruines sur notre passage ; ces maisons détruites, ces murailles renversées, ces champs désertés par une jeunesse qu'avait moissonnée la guerre, quelques femmes çà et là, quelques enfants, quelques vieillards dignes de pitié : en un mot, les malheurs encore présents de la Phocide sont au delà de toute expression. Cependant je vous entends dire tous qu'autrefois, quand il s'agissait de nous réduire en esclavage, les Phocéens se sont opposés aux Thébains pour nous conserver notre liberté. Si vos

ancêtres revenaient à la vie, Athéniens, que pen-
seraient-ils, à votre avis, que décideraient-ils concernant les auteurs de la ruine des Phocéens?
Quant à moi, je crois qu'ils ne se feraient point
de scrupule de les lapider de leurs propres mains.
N'est-il pas honteux, en effet, ou plutôt n'est-ce
pas le comble de l'infamie qu'un peuple qui nous
a sauvés, qui a voté en notre faveur (1), soit ainsi
payé de retour par nos députés, et présente le
spectacle de calamités telles que n'en éprouva
aucun peuple de la Grèce? Qui donc est l'auteur
de ces maux? qui a trompé les Phocéens? N'est-ce
pas Eschine?

23. Sans doute, Athéniens, Philippe est un
favori de la fortune, un homme heureux à bien
des titres; mais, de par tous les dieux! il est un
bonheur qu'il ne partage avec qui que ce soit
des heureux de notre temps. Prendre de grandes
cités, soumettre de vastes contrées et autres
choses semblables, ce sont de brillants exploits :
qui n'en convient? Cependant on pourrait citer
beaucoup d'hommes favorisés de ces avantages.
Mais ce qui est propre à Philippe, et ce qu'il ne
partage avec personne, le voici. C'est que lorsqu'il

---

(1) Lorsque le lacédémonien Lysandre se fut rendu maître
d'Athènes, il délibéra dans une assemblée des peuples alliés, pour
savoir si l'on détruirait la ville. Les Thébains se déclarèrent en
faveur de ce parti. Des Phocéens furent d'avis de la conserver.

eut besoin d'hommes pervers pour le succès de ses entreprises, il en trouva de plus pervers encore qu'il ne pouvait le désirer. Comment ne seraient-ils pas regardés comme tels, puisque Philippe lui-même, lorsqu'il était question de vos affaires, n'a pas osé contester leur trahison, ni faire mention dans aucune de ses lettres, ni parler par aucun de ses ambassadeurs des faux rapports qu'ont faits vos députés vendus? Antipater et Parménion, serviteurs de ce maître, qui ne devaient plus avoir affaire à vous, ont trouvé indigne d'eux de vous tromper. Mais les députés de la ville d'Athènes, la plus libre des villes, ils ont eu le courage de vous tromper, vous, avec qui ils devaient vivre tout le reste de leurs jours, vous à qui ils devaient rendre compte de leur conduite. Comment ne seraient-ils pas réputés les plus pervers, les plus scélérats des hommes?

24. Mais pour vous prouver qu'Eschine a encouru l'imprécation, et qu'il ne serait ni selon les lois ni selon la piété d'absoudre un pareil imposteur, on va lire l'imprécation telle qu'elle se trouve dans nos lois. Lisez, greffier.

IMPRÉCATION.

Voilà, Athéniens, ce que, d'après la loi, le héraut crie dans chacune de vos assemblées; voilà ce qu'il répète au sénat, lorsque le sénat

est réuni. Il est impossible de dire qu'Eschine ne
connaissait pas cette imprécation, car étant sous-
greffier et commis du sénat, il la dictait lui-même
au héraut. Ne serait-il pas absurde, monstrueux
que vous ne fissiez pas, aujourd'hui que vous en
avez le pouvoir, ce que vous avez prescrit, ou
plutôt ce que vous chargent les dieux de faire en
leur place? Absoudrez-vous l'homme dont vous
priez les dieux d'exterminer la maison, la personne
les enfants? Non! laissez aux dieux le soin de
punir le coupable qui vous échappe; quant à
celui que vous avez surpris, ne les chargez de rien
à cet égard.

25. J'entends dire qu'Eschine, sans s'embar-
rasser de toutes ses prévarications, de ses faux
rapports, de ses promesses mensongères, de
ses impostures à la face d'Athènes, et comme
s'il s'agissait de toute autre cause portée devant
des juges moins bien informés que vous, aura l'audace et l'effronterie de s'en prendre d'abord aux
Lacédémoniens, puis aux Phocéens, et enfin à
Hégésippe; mais ce système de défense serait aussi
ridicule qu'impudent; car tout ce qu'il pourra
dire des Lacédémoniens, des Phocéens et d'Hégésippe, c'est qu'ils n'ont point reçu Proxène,
c'est qu'ils sont des impies, ou il fera quelque
autre reproche de ce genre; mais tout cela est
arrivé avant le retour de nos députés, et n'a

pu en aucune manière mettre obstacle au salut
des Phocéens. Qui nous l'assure ? Eschine lui-
même ; car il n'a point dit alors que les Phocéens seraient sauvés, à moins qu'ils ne reçussent
Proxène, ni à moins que les Lacédémoniens et
Hégésippe n'y missent obstacle, ou à moins que
tel ou tel événement n'eût lieu ; mais sans s'occuper
d'aucune de ces choses, il a dit positivement qu'il
avait persuadé à Philippe de sauver les Phocéens,
de rétablir les villes de la Béotie, et de vous mettre
à la tête des affaires ; il a promis que tout cela allait
se faire en deux ou trois jours ; et c'est pourquoi,
ajoutait-il, les Thébains avaient mis sa tête à prix.

26. N'écoutez donc point ce qu'il vous dira
de la conduite des Lacédémoniens ou des Phocéens avant son rapport ; ne souffrez pas qu'il vous
entretienne de la perversité des Phocéens ; car si
vous sauvâtes autrefois les Lacédémoniens, ou les
exécrables Eubéens, ou d'autres peuples, ce ne
fut point en considération de leurs mérites, mais
parce que leur salut importait à la République,
comme aujourd'hui celui des Phocéens. Et qu'ont
fait les Phocéens, les Lacédémoniens, ou vous,
ou tout autre, pour empêcher les promesses d'Eschine de s'accomplir ? demandez-le-lui, il ne saura
que répondre. Cinq jours seulement s'étaient
écoulés depuis qu'il nous eut fait ces faux rapports, vous y avez ajouté foi ; les Phocéens en

ont eu connaissance, ils se sont livrés, ils ont
péri. Il est donc évident que ses impostures et
ses manœuvres tendaient à la destruction de la
Phocide. En effet, alors que la paix ne permettait
pas à Philippe de se mettre en marche, et qu'il faisait ses préparatifs, il invitait les Lacédémoniens
à se joindre à lui, leur promettant de faire tout
pour eux, afin d'empêcher les Phocéens de se les
attacher par notre intermédiaire. Mais lorsqu'il
fut arrivé aux Thermopyles, et que les Lacédémoniens, s'apercevant du piége, se furent retirés,
il se servit de nouveau de ce misérable pour vous
tromper; de peur que vous ne vinssiez à vous
apercevoir qu'il favorisait les Thébains, et qu'il
n'éprouvât des retards, des obstacles, et ne fût
obligé de faire la guerre aux Phocéens, en état de
défense et secourus par vous, au lieu de tout réduire sans combat comme il s'en flattait, et comme
il est arrivé. En effet, n'allez pas, parce que Philippe a trompé les Lacédémoniens et les Phocéens,
laisser impunie la trahison d'Eschine, qui vous a
trompés vous-mêmes : la justice s'y oppose.

27. S'il vous dit encore, par exemple, qu'en
compensation de la Phocide, des Thermopyles et
de tout ce que vous avez perdu, vous avez la
Chersonèse; ô dieux! gardez-vous de l'écouter,
Athéniens! ne souffrez pas qu'après vous avoir
lésés dans son ambassade, il vous déshonore par

son apologie, en vous faisant passer pour des
hommes qui ont sacrifié leurs alliés à un misérable intérêt personnel. Grâce aux dieux, vous
n'avez pas agi ainsi. La paix était déjà conclue,
et la Chersonèse vous était assurée quatre mois
entiers avant la destruction des Phocéens. Les
rapports mensongers les ont perdus, après vous
avoir abusés vous-mêmes. Et puis, si vous voulez
examiner les choses de près, vous trouverez que
la Chersonèse est aujourd'hui plus en péril qu'elle
ne l'était alors; car si Philippe venait à l'attaquer,
vous serait-il plus facile de repousser ses efforts,
que quand il n'avait point encore enlevé à notre
République les avantages dont il dispose actuellement? Quant à moi, je suis persuadé qu'il est plus
difficile de lui résister aujourd'hui. Que nous sert-il
d'ailleurs d'être maîtres de la Chersonèse, puisque
notre ennemi, affranchi de toute crainte et à
l'abri du danger, peut nous l'enlever quand il
lui plaira?

28. J'entends dire aussi qu'Eschine prétend se
montrer fort étonné d'être accusé par Démosthène,
tandis qu'il ne l'est point par les Phocéens. C'est
à moi à vous apprendre ce qu'il en est. Parmi les
Phocéens qui gémissent dans l'exil, les uns, et
ce sont, à mon avis, les plus vertueux et les plus
modérés, souffrent sans se plaindre; ils ne voudraient pas, à l'occasion du malheur commun,

se faire des ennemis particuliers; les autres, qui
ne feront rien sans argent, ne trouvent personne
qui leur en fournisse. Ce ne sera pas moi qui leur
en donnerai, car je ne voudrais pas qu'ils vinssent
ici me prêter leur appui en déplorant leurs mi-
sères : la vérité et les faits parlent assez haut.
Quant aux habitants de la Phocide, ils sont si
malheureux et réduits à une telle extrémité, qu'il
n'est pas question pour eux de venir à Athènes
accuser nos députés : distribués en bourgades et
dépouillés de leurs armes, ils cherchent uniquement à échapper à la servitude et à la mort; la
présence des Thébains et des soldats de Philippe,
qu'ils sont obligés de nourrir, ne les occupe que
trop. Ne recevez donc pas cette excuse; qu'Eschine vous prouve, ou que les Phocéens n'ont pas
péri, ou qu'il ne vous a pas donné l'assurance que
Philippe les sauverait; car voilà sur quoi porte
le compte à demander; qu'est-il arrivé, Eschine?
quel rapport avez-vous fait? S'il se trouve véridique, vous êtes absous; sinon, soyez puni. Les
Phocéens ne vous accusent pas, je le veux bien,
mais vous les avez réduits, pour votre part, à ne
pouvoir ni secourir leurs amis ni se venger de leurs
ennemis.

29. Ces faits, en outre de la honte et de l'ignominie dont ils nous couvrent, ont encore exposé
la République à de grands périls, comme il est

facile de le démontrer ; car qui de vous ignore que
la guerre dont les Phocéens étaient occupés, et
le passage des Thermopyles, dont ils étaient maîtres, nous mettaient en sûreté du côté des Thébains, et leur fermaient, comme à Philippe, l'entrée du Péloponèse, de l'Eubée et de l'Attique ?
Or, en vous fiant aux impostures et aux promesses
mensongères de nos députés, vous avez perdu
cette sécurité qui résultait de l'avantage des lieux,
et de l'état même des affaires, et vous avez laissé
détruire ce rempart que formaient autour d'Athènes des armées nombreuses, une guerre conti-
nuelle, les villes puissantes d'un peuple allié, et
une grande étendue de pays. Aussi les premiers
secours que nous avons envoyés à Pyles, et qui
nous ont coûté plus de deux cents talents, si nous
voulons y comprendre les dépenses des particuliers, ces secours sont devenus inutiles, et l'espérance que nous avions de nous venger des Thébains, s'est évanouie.

30. De toutes les manœuvres d'Eschine en faveur de Philippe, voici la plus criminelle, la plus
outrageuse pour la République et pour vous tous.
Philippe ayant, dès le commencement, résolu
de servir en tout les Thébains, Eschine annon-
çant le contraire et faisant connaître aux Thébains vos dispositions peu favorables à leur égard,
augmenta leur haine contre vous et leur recon-

naissance envers Philippe. Un homme pouvait-il vous faire un plus grand outrage ? Prenez et lisez le décret de Diophante et celui de Callisthènes, vous verrez que, quand vous faisiez ce qui était convenable, on vous félicitait sur votre conduite, on en rendait des actions de grâces aux dieux et chez vous et chez d'autres peuples ; mais du moment où vous avez été trompés par ces perfides, vous avez été obligés de retirer de la campagne vos femmes et vos enfants, et de vous renfermer dans vos murs, malgré l'état de paix, pour faire des sacrifices à Hercule. Mon étonnement sera donc extrême si vous laissez aller, sans le punir, un homme qui vous aura empêchés d'honorer les dieux selon les rites antiques. Lisez le décret.

DÉCRET.

Voilà ce que vous avez ordonné, Athéniens ; et ce décret était digne de vos actions. Voyons ce que vous ordonnâtes ensuite.

DÉCRET.

Cette dernière décision est l'ouvrage de ces traîtres. Ce n'était pas dans cet espoir que vous aviez d'abord fait la paix et conclu l'alliance, et plus tard étendu cette paix à vos descendants : mais vous attendiez merveilles des promesses de ces misérables. Cependant vous savez combien de fois vous avez été alarmés en apprenant que l'armée

de Philippe s'approchait de Porthmos ou de Mégare ; il importe donc fort peu que Philippe ne
se soit pas encore jeté sur l'Attique, cela ne saurait nous rassurer ; quant à pouvoir, grâce à ces
perfides, le faire quand il voudra, voilà ce qu'il
faut considérer, voilà le pressant danger qu'il
faut envisager ; il faut en même temps en abhor-
rer l'auteur, il faut châtier le traître qui a ménagé
cet avantage à Philippe.

31. Je sais qu'Eschine évitera de répondre à
ces chefs d'accusation, et que pour en détourner
le plus possible votre attention, il vous dévelop-
pera les avantages de la paix et les maux de la
guerre ; en un mot, l'éloge de la paix, voilà toute
son apologie. Mais ces raisons mêmes l'accusent ;
car si ce qui est une source de biens chez tous les
autres peuples est devenu pour nous l'origine de
tant d'embarras et de troubles ; que peut-on en conclure, sinon que ces députés ont gâté une chose
bonne en soi ? Mais quoi, dira-t-il peut-être, la
paix ne nous laissera-t-elle pas toujours trois cents
galères avec leurs agrès et de grandes sommes d'argent ? Voici comment il faut envisager ce point.
Philippe, profitant de cette paix, a considérable-
ment augmenté ses ressources, la force de ses
armes, l'étendue de ses domaines, et la richesse
de ses revenus. Nos ressources, il est vrai, ont
augmenté aussi tant soit peu ; mais pour ce qui

concerne la puissance qu'on acquiert par l'état heureux des affaires, et par le nombre des alliés, et d'où l'on tire de si grands avantages pour soi et pour ceux qui peuvent nous défendre, nous en avons perdu notre part. Vendue par ces perfides, elle a dépéri et a été réduite à rien, tandis que Philippe est devenu plus grand et plus redoutable. Or, quand Philippe a augmenté le nombre de ses alliés et grossi ses revenus, il ne conviendrait pas de nous faire regarder les biens que nous possédions en vertu de la paix, comme un dédommagement de ceux que ces traîtres nous ont enlevés. Il s'en faut de tout que cette compensation soit réelle. Nous possédions déjà les premiers avantages, les autres nous seraient arrivés aussi sans ces traîtres.

32. Sans doute, Athéniens, l'équité demande que, quelques maux qu'ait soufferts la République, votre colère ne tombe pas sur Eschine s'il n'en est aucunement l'auteur; il est juste aussi que les avantages procurés par tout autre que lui ne profitent pas à sa défense. Recherchez donc soigneusement ce qui est de lui : des actions de grâces, s'il en est digne; votre colère, s'il a prévariqué. Mais comment parviendrez-vous à connaître la vérité? En ne lui permettant pas de confondre pêle-mêle les fautes des généraux, la guerre contre Philippe, et les avantages de la paix.

Ainsi, par exemple, nous étions en guerre avec Philippe, Eschine en est-il la cause? quelqu'un l'accuse-t-il des maux de la guerre? Non, personne; il est donc justifié à ce sujet, et il n'a pas besoin d'en parler, car c'est seulement sur des points contestés que l'accusé doit produire des témoins et fournir des preuves. Mais il ne doit pas chercher à surprendre ses auditeurs, en se défendant sur des choses que personne ne lui reproche. Tu ne diras donc rien sur la guerre, car on ne t'en accuse pas. Ensuite, quelques-uns de nos concitoyens nous ont conseillé de faire la paix, nous nous sommes laissé persuader. Nous avons envoyé des députés qui en ont ramené d'autres de la part de Philippe pour la conclusion du traité. Là encore une fois, y a-t-il des plaintes contre Eschine : l'accuse-t-on d'être l'auteur de la paix, ou d'avoir prévariqué en amenant ici des ambassadeurs pour la conclure? Non, personne. Il n'aura donc rien à dire sur la paix que la République a faite, il n'en est pas l'auteur. Si l'on me faisait cette question : Que prétends-tu donc, Démosthène, où commence ton accusation? Je la date, Athéniens, de l'époque où vous délibériez, non pour savoir si vous feriez la paix, — elle était résolue, — mais à quelles conditions vous la feriez. Car s'étant vendu à l'ennemi, il s'opposa aux mesures des bons orateurs pour appuyer le décret d'un ministre qui était corrompu comme lui ; et choisi pour l'ambassade des serments, il n'exécuta aucun de vos ordres, il perdit les alliés que la guerre avait épargnés ; et vous débita des mensonges tellement impudents, que personne n'en a jamais dit, ni n'en dira jamais de pareils. Ctésiphon et Aristodème eurent les honneurs de l'initiative dans cette infâme manœuvre ; mais au moment où Philippe put traiter de la paix, et dès qu'il fut question de la conclure, ils en chargèrent Philocrate et Eschine. A peine chargés de ce soin, ils perdirent tout. Et, après cela, quand il faudra rendre compte de ces prévarications, et en subir le châtiment, cet homme pervers et ennemi des dieux, ce vil copiste, se justifiera comme s'il était accusé d'avoir fait la paix. Ce n'est pas qu'il veuille répondre à plus de griefs qu'on ne lui en impute, ce serait une folie, mais ne voyant que crimes dans sa conduite, sans aucune action honnête, il pense qu'en se justifiant sur la paix, il présentera du moins quelque chose de plausible. Je crains, Athéniens, oui, je crains que semblables à ceux qui empruntent à gros intérêts, nous ne nous apercevions, mais trop tard, que nous avons acheté cette paix bien cher ! car ces misérables ont livré à l'ennemi ce qui en faisait la sûreté et la force, je veux dire la Phocide et les Thermopyles. Mais,

encore une fois, ce n'est pas à l'instigation d'Eschine que nous avons fait d'abord la paix.

33. Ce que je vais dire passera pour un para-
doxe, et pourtant c'est la vérité pure. S'il y avait
réellement lieu à se réjouir de la paix, il faudrait
en rendre grâce aux généraux, dont tout le monde
se plaint. Car s'ils avaient combattu selon vos
désirs, vous n'auriez pas voulu même entendre
prononcer le mot de paix. C'est à eux qu'on la
doit; mais si elle est devenue dangereuse, perfide
et peu sûre, il faut s'en prendre à la corruption
de ces députés. Écartez-le donc, écartez-le de
toute justification sur la paix, et renfermez-le
dans sa conduite personnelle. Ce n'est pas sur la
paix qu'Eschine est accusé, mais c'est à cause
de lui qu'on a à se plaindre de la paix. En voici
la preuve. Si, après la paix faite, vous n'aviez plus
été trompés; si aucun de vos alliés n'eût péri,
qui aurait pu s'affliger de cette paix, à moins
qu'on n'eût pensé qu'elle était peu honorable,
tort qu'il faut attribuer à Eschine, qui s'était
prêté aux vues de Philocrate. Cependant nos maux
n'étaient pas sans remède; mais Eschine est devenu la cause de bien d'autres maux.

34. Je pense que vous voyez tous que la conduite honteuse et criminelle de nos députés a
tout perdu, tout ruiné. Je suis tellement éloigné,
Athéniens, d'user d'imputations calomnieuses ou

de vous y porter, que si l'on peut démontrer que
les faits en question sont le résultat d'un manque
de jugement, de la maladresse ou d'une ignorance
quelconque ; moi, tout le premier, j'absoudrai
Eschine, et vous conseillerai de l'absoudre, quoiqu'aucune de ces excuses ne soit admissible dans
la vie politique. Car vous n'ordonnez à personne
de prendre part aux affaires publiques, vous n'y
contraignez personne ; mais si quelqu'un se croit
la capacité nécessaire et se présente, vous l'ac-
cueillez avec la bonté d'hommes honnêtes, bien-
veillants, inaccessibles à l'envie ; vous l'élevez aux
emplois, et lui confiez vos intérêts. S'il obtient
des succès, il est honoré et s'élève à ce titre au-
dessus du vulgaire ; s'il échoue, lui suffira-t-il de
présenter de vaines excuses ? Non, cela ne serait
pas juste, non ! Nos alliés, leurs enfants, leurs
femmes, et tous ceux qui auront péri, seront-ils
consolés parce que leur perte procède de mon
ignorance, pour ne pas dire de celle d'Eschine ?
Non, certes. Cependant pardonnez à Eschine, si
ces malheurs inouïs proviennent de sa maladresse
ou de son ignorance ; mais s'ils sont dûs à sa perversité, à l'or et aux présents qu'il a reçus ; si les
faits eux-mêmes l'accusent et le convainquent
pleinement, qu'il périsse s'il est possible ; ou si
vous le laissez vivre, faites-en lui un exemple pour
l'instruction des traîtres.

35. Pesez bien la justesse de mon raisonnement :
si Eschine ne s'est pas vendu à l'ennemi, s'il ne
nous a pas trompés de dessein prémédité, quand
il vous apporta ces nouvelles relativement à la
Phocide, à Thespies et à l'Eubée, il faut de toute
nécessité, ou qu'il ait entendu Philippe s'engager
à remplir ces sortes de promesses, ou que, séduit
et trompé lui-même par sa bienveillance dans le
reste des négociations, il ait attendu de sa part,
ce qu'il vous faisait espérer; il n'y a point de milieu. Or, quoi qu'on admette, Eschine devait
avoir pour Philippe la haine la plus profonde. Et
pourquoi? Parce que Philippe, autant qu'il a été
en lui, l'a mis dans la position la plus fâcheuse et
la plus déshonorante; il est cause qu'Eschine vous
a trompés, qu'il s'est couvert d'ignominie, et qu'il
est jugé digne de la peine de mort. Car si nous
avions fait ce que nous devions, il y a long-temps
qu'il eût été poursuivi comme criminel d'état; il
ne doit qu'à notre indulgence, à notre manque
de jugement de ne rendre des comptes que quand
il lui plaît. Quelqu'un de vous a-t-il jamais entendu
la voix d'Eschine s'élever contre Philippe? Qui l'a
entendu le convaincre de perfidie ou dire quelque
chose à son désavantage? Personne. Cependant
tous les Athéniens se plaignent de Philippe; il
en est toujours qui l'accusent, sans même avoir
souffert une injure personnelle Si Eschine ne

s'était point vendu, n'aurait-il pas dù se présenter devant vous et vous dire : « Athéniens, faites
« de moi ce que vous voudrez; j'ai cru Philippe,
« j'ai été trompé, j'ai failli, je l'avoue. Défiez-
« vous de cet homme, Athéniens; il est perfide,
« fourbe et méchant. Voyez-vous comme il m'a
« traité; comme il m'a joué ? » Mais ni vous ni
moi nous n'avons jamais rien entendu de pareil.
Et pourquoi? Parce qu'Eschine n'a été ni trompé
ni abusé, et que s'étant mis aux gages de Philippe, il a parlé pour de l'argent, il lui a tout
livré; il est devenu pour lui un salarié utile et
fidèle, et pour nous un député perfide, un citoyen
pervers, méritant de mourir trois fois pour une.

36. D'autres raisons encore prouvent que l'intérêt seul a fait tenir à Eschine tous ces discours.
Lorsque dernièrement les Thessaliens vinrent
ici avec les députés de Philippe pour vous prier
de décerner à celui-ci le titre d'amphyction, nos
députés, Eschine surtout, ne devaient-ils pas
s'opposer à cette demande? Pourquoi? parce que
Philippe avait fait tout le contraire de ce qu'Eschine avait annoncé. Eschine avait dit que Philippe rétablirait les murs de Thespies et de Platée,
qu'il épargnerait la Phocide, et qu'il vengerait
l'injure des Thébains. Cependant l'ennemi a
augmenté outre mesure la puissance de Thèbes,
anéanti la Phocide, et, loin de rétablir Thespies

et Platée, il a réduit en servitude les habitants
d'Orchomène et de Coronée. Pouvait-il agir plus
contrairement à ses promesses? Cependant Eschine s'est tu, il n'a pas ouvert la bouche, pas
dit un mot contre cette demande. Chose étrange
déjà, mais ce qui est bien plus étrange, Eschine,
Eschine tout seul a pris la défense de Philippe.
Oui, ce que n'a pas osé faire l'infâme Philocrate,
Eschine l'a fait : et lorsque vous fîtes du bruit,
refusant de l'entendre, il descendit de la tribune,
et se vantant en présence des députés de Philippe,
il dit qu'il y avait beaucoup de gens pour faire
du bruit, mais qu'il y en aurait peu pour combattre dans l'occasion. Vous avez certainement
retenu les paroles de cet admirable guerrier,
ô Jupiter!

37. S'il n'était pas évident, déjà, palpable
pour tout le monde, que nos députés se sont
vendus, il nous resterait les informations et autres
moyens juridiques. Mais si Philocrate en a fait
l'aveu devant le peuple; si de plus il l'a montré
par sa conduite, en achetant des blés, en bâtis-
sant, en se chargeant d'une ambassade sans que
vous l'eussiez désigné; en amassant des bois, en
faisant valoir ouvertement son argent; il ne lui
est plus possible de nier qu'il se soit vendu. Son
aveu et sa conduite conspirent contre lui. Mais
est-il un homme assez insensé ou assez malheureux,

pour vouloir, en vue de procurer quelque argent
à Philocrate, se déshonorer, se jetter dans l'embarras, être en guerre avec des hommes irrépro-
chables, et, au lieu de s'unir avec eux, se joindre
à un homme pour être jugé avec lui? Je ne le
pense pas, Athéniens, et ce sont là, si vous y
réfléchissez, autant de preuves évidentes qu'Eschine a reçu de l'argent.

38. Un fait tout récent vous prouvera d'une
manière non moins convaincante qu'Eschine s'est
vendu à Philippe. Vous savez que lorsque dernièrement Hypéride poursuivait Philocrate comme
criminel d'état, je me présentai devant vous
en disant qu'une chose m'embarrassait toujours
dans cette accusation, c'était que Philocrate fût
seul coupable de tant de crimes, et que les neuf
autres députés n'y eussent pris aucune part. J'a-
vançai que cela ne pouvait être, et que Philocrate
n'aurait osé tenir une telle conduite (1), s'il n'avait
été soutenu secrètement par quelques autres députés. Mais enfin, disais-je, pour ne justifier
ni condamner personne, pour laisser à la cause
elle-même le soin de découvrir les innocents et les
coupables, se lève celui qui voudra, qu'il com-
paraisse devant vous, et déclare qu'il n'a pas

---

(1) Ce sens est celui de Taylor. *Non ille palam et publice hæc
agere sustinuisset, nisi aliquid adjumenti socii ejus occulto sub-
ministrassent.*

trempé dans le complot de Philocrate, et qu'il n'ap-
prouve pas sa conduite ; je promis pour ma part
d'absoudre quiconque accepterait ce défi. Vous
vous en souvenez sans doute, Athéniens ; mais pas
un ne s'est présenté, pas un ne s'est montré. Au
moins chacun des autres essayait de se justifier :
celui-ci disait qu'il avait rendu ses comptes, celui-là
qu'il était absent, un autre qu'il avait un parent
en Macédoine ; Eschine ne pouvait rien alléguer
de tout cela. Il s'est tellement vendu à Philippe,
que non content de l'avoir servi par le passé, il
ne dissimule pas qu'il est tout disposé à le servir
encore contre vous, s'il échappe à votre condamnation. Il se garde bien de laisser échapper le
moindre mot contre Philippe, il ne laissera pas
de repos à ses accusateurs. Toujours il aimera
mieux se déshonorer, être poursuivi, et souffrir
tout ce qu'il vous plaira, que de faire quelque
chose qui puisse déplaire à Philippe. Mais pourquoi ces liaisons avec Philocrate? pourquoi cette
tendre sollicitude à son sujet? Quand même celui-ci se fût conduit dans son ambassade avec tout
l'honneur, tout le succès imaginable, du moment
qu'il avoue avoir reçu de l'argent pendant ces
fonctions, un député intègre devait s'en méfier et
le fuir soigneusement, et par là protester de sa
propre innocence. Eschine n'en a rien fait. Ces
faits ne sont-ils pas clairs, ne s'élèvent-ils pas

contre Eschine pour mettre en évidence sa vénalité, et pour démontrer que sa perversité doit être
attribuée à la soif de l'or dont il a été constamment
possédé, et non à l'incapacité, à l'ignorance ou à
la mauvaise fortune? Et qui peut, va dire Eschine
(c'est là son plus beau moyen de défense), qui peut
attester, dira-t-il, que j'aie reçu de l'argent? Les
faits eux-mêmes, Eschine, et ils méritent toute
créance. On ne dira pas, on n'avancera pas que
ces faits se sont laissé persuader ou influencer;
quand on les examine, ils se montrent tels que
ta trahison et ta corruption les ont formés. Tu
vas bientôt, qui plus est, déposer contre toi-
même. Monte à la tribune, et réponds à mes
accusations. Pour excuser ton silence, tu n'allé-
gueras pas le manque de talents : celui qui,
dans un temps limité, plaide des causes neuves
avec tout le succès d'un poëte qui a élaboré
un drame, et les gagne sans le secours d'aucun
témoin, celui-là est certainement bien habile (1).

39. Ces crimes sont grands et supposent, vous
en convenez, une profonde perversité; mais il
n'en est aucun, selon moi, qui soit plus odieux
que celui dont je vais parler; ni qui prouve plus
clairement la corruption d'Eschine et toutes ses
trahisons. Lorsque, séduits par les brillantes espé-

_____

(1) Il fait allusion au procès de Timarque.

rances qu'il vous avait données, vous fûtes déci-
dés à envoyer une troisième ambassade à Philippe, vous choisîtes Eschine, moi, et la plupart
des premiers députés ; je parus devant vous, et
refusai la députation. Plusieurs insistaient à grand
bruit pour que j'acceptasse, je persistai dans mon
refus. Eschine avait accepté. Quand l'assemblée
fut séparée, ils délibérèrent ensemble pour savoir
celui qu'ils laisseraient ici ; comme les affaires
étaient encore en suspens, et que l'avenir était
incertain, ils se réunirent sur la place publique,
et se livrèrent à toute sorte de conversations. Ils
craignaient qu'on ne convoquât subitement une
assemblée extraordinaire, et qu'apprenant la vérité par ma bouche, vous ne prissiez des mesures
convenables pour sauver les Phocéens et frustrer
Philippe ; car si vous l'aviez fait, et que vous
eussiez laissé entrevoir aux Phocéens l'espoir de
quelque secours, ils auraient peut-être été sauvés.
Car si vous n'aviez pas été trompés, il eût été
impossible à Philippe de rester dans la Phocide.
Il ne trouvait pas de blés dans le pays (la guerre
avait empêché les semailles) ; il ne pouvait en faire
venir d'ailleurs, votre flotte se trouvant sur son
passage, et dominant la mer ; les villes de la Phocide étaient nombreuses, difficiles à prendre, on
ne pouvait les réduire qu'à force de temps et de
siéges. Et jugez combien il en eût fallu, en sup-

posant même la prise d'une ville par jour, puisque ces villes étaient au nombre de vingt-deux. Ils laissèrent donc ici Eschine pour vous entretenir dans vos folles espérances. Mais renoncer à l'ambassade sans alléguer aucun prétexte, c'eût été donner des soupçons. Quoi, tu ne pars pas? tu n'acceptes pas l'ambassade après nous avoir annoncé de si grands bienfaits? Mais il était nécessaire de rester. Comment faire? Il feint une maladie. Son frère prend un médecin, le présente au sénat, et fait attester qu'Eschine est malade. Enfin il est nommé député à sa place. Cinq ou six jours après, c'en était fait des Phocéens, et les engagements d'Eschine se trouvaient remplis comme l'eussent été des engagements quelconques. Dercyle revenant de la Chalcide, annonça la ruine des Phocéens dans l'assemblée du Pirée. Pénétrés de douleur, et consternés, vous fîtes revenir de la campagne vos femmes et vos enfants, garnir vos forts de troupes, fortifier le Pirée, et célébrer dans la ville les sacrifices d'Hercule. Dans cette détresse, au milieu de ce trouble, cet habile homme, ce sage, cet orateur à la voix éclatante, se rend comme député près l'auteur de nos alarmes, sans en avoir reçu la commission du sénat ou du peuple, sans faire attention ni à la maladie qu'il avait si bien constatée, ni à la nomination d'un autre député, ni à la loi qui punit de mort un pareil attentat ; sans prendre garde, ce qu'il y a de plus étrange, qu'il doit passer au milieu de Thèbes, traverser l'armée des Thébains, qui, comme il l'avait annoncé, ont mis sa tête à prix, et qui sont maintenant maîtres, non-seulement de toute la Béotie, mais encore de là Phocide. Mais il a perdu le sens, la passion de l'or le possède et l'aveugle, il oublie et néglige tout pour se rendre près de son maître.

40. Ceci est grave, sans doute ; mais ce qu'il fit, arrivé près de Philippe, est bien plus grave encore. Vous tous et tous les habitants d'Athènes, profondément affectés des malheurs inouis de la Phocide, vous ne vouliez envoyer aux jeux pythiques ni sénateurs, ni thesmothètes ; vous regardiez comme un devoir de vous abstenir de ces spectacles nationaux. Lui, il assista aux fêtes que Philippe et les Thébains célébraient en l'honneur de la victoire ; il prit part aux libations et aux prières qu'on faisait aux dieux pour les remercier d'avoir détruit la force de nos alliés, d'avoir renversé leurs murs et désolé leur pays. Assis à la table de Philippe, couronné de fleurs à son exemple, il recevait la coupe de sa main, et mêlait sa voix à la sienne ; et ceci n'est pas une chose qu'Eschine puisse contester. Nos archives déposées dans le temple de Cybèle, sous la garde d'un officier public, font foi de son refus relatif à l'ambassade ;

un décret rendu à ce sujet y est inscrit. Quant à
sa conduite près de Philippe, ses collègues et
autres personnes présentes, qui me l'ont rap-
portée, l'attesteront. Car je n'étais pas de cette
ambassade, je l'avais refusée. Lisez-moi le décret,
l'article des archives, et faites paraître les témoins.

DÉCRET ARCHIVES, TÉMOINS.

Que demandaient Philippe et les Thébains,
quand ils faisaient des libations? Le succès de
leurs armes, la victoire pour eux et leurs alliés,
et tout le contraire pour les Phocéens. Eschine,
en s'unissant à eux, faisait les mêmes vœux, ses
prières étaient des imprécations contre la patrie,
et ces imprécations vous devez les faire retomber
sur sa tête. Ainsi en partant il encourut la peine de
mort décernée par la loi. Arrivé près de Philippe,
il mérita une nouvelle mort. Les crimes commis
dans les ambassades précédentes demandent également la mort.

41. Examinez donc quel peut être le châtiment
proportionné à de si grands crimes; car ne serait-
il pas honteux, Athéniens, d'un côté, de blâmer
en public et tous ensemble ce qui s'est fait après
la paix; de ne pas vouloir participer aux décrets
des amphyctions; d'exprimer votre mécontente-
ment et votre défiance contre Philippe, comme
s'étant livré à des actes sacriléges et atroces,

comme ayant agi contrairement à la justice et à
vos intérêts, tandis que d'un autre côté, en en-
trant au tribunal pour examiner, au nom de vos
concitoyens, les comptes sur ce même sujet, vous
oublieriez votre serment, et vous renverriez absous l'auteur de tous nos maux, celui que vous
avez surpris, pour ainsi dire, en flagrant délit?
Qui de vos concitoyens ou plutôt qui d'entre les
Grecs ne se lèverait pas contre vous, si, pendant
que vous êtes si fort irrités contre Philippe, qui
après tout n'a fait qu'une action pardonnable en
achetant, durant les négociations de la paix, les
intérêts de la Grèce des hommes méprisables qui
les lui vendaient, vous alliez acquitter celui qui li-
vrait ces mêmes intérêts par des voies si honteuses,
et cela quand il y a dans nos lois la peine de mort
pour de pareils crimes?

42. Mais, diront-ils peut-être, si vous condam-
nez ceux qui ont négocié la paix, vous fournissez
matière à rupture avec Philippe. S'il en est ainsi,
je ne suis point embarrassé de trouver un plus
grave sujet d'accusation contre Eschine; car si
celui qui a prodigué son or pour obtenir la paix
est devenu tellement grand et tellement redoutable qu'il faille chercher à lui plaire aux dépens
de vos serments et des règles de la justice, quel
châtiment ne méritent donc pas ceux qui vous
ont réduits à une aussi fâcheuse extrémité? Mais

certes non, s'il est permis d'en juger par con-
jecture, la punition des prévaricateurs sera plutôt un lien d'amitié entre nous et Philippe. Je
crois pouvoir vous le démontrer. Vous devez savoir
que Philippe ne méprise pas votre République, et
que, s'il vous a préféré les Thébains, ce n'est
pas qu'il attache moins d'importance à votre
amitié; mais, il a entendu dire à nos ambassadeurs
une chose que j'ai répétée dans l'assemblée du
peuple sans que personne m'ait contredit, savoir
que le peuple est une multitude, dont le caractère
est l'inconstance et le défaut de jugement; que
semblable aux flots de la mer, il est mu à l'aven-
ture; que l'un vient, l'autre s'en va; mais que
personne ne s'inquiète du bien public, qu'on n'y
songe pas même; qu'il faut à Philippe quelques
créatures qui règlent les affaires à son gré, et
que, s'il peut se les procurer, tout ira selon ses
désirs. Si donc Philippe eût entendu dire que les
députés qui lui ont tenu ce langage avaient été
punis immédiatement après leur retour, il aurait
fait ce qu'a fait le roi de Perse. Séduit par Timagoras, il lui donna, dit-on, quarante talents;
mais dès qu'il eut appris que ce traître avait été
mis à mort, et que bien loin de remplir ses promesses, il n'avait pu conserver sa vie, il reconnut
qu'il n'avait pas donné son argent à celui qui était
maître des affaires, et sur cela il vous rendit Am-

phipolis qui vous appartenait, et qu'il avait prétendu posséder comme une ville amie et alliée,
et il ne donna plus d'argent à personne. C'est ce
que Philippe aurait fait s'il avait appris la punition d'un de nos députés, c'est ce qu'il fera encore si vous les châtiez. Mais quand il les verra
dominer à la tribune, jouir de votre estime, accuser leurs concitoyens, que fera-t-il? Dépensera-
t-il beaucoup quand il suffira de dépenser peu?
Courtisera-t-il tous les citoyens, quand il lui suffira d'en gagner deux ou trois? Ce serait folie. Car
Philippe n'avait pas l'intention de combler de bienfaits la ville de Thèbes, il s'en faut; il y a été conduit par les députés, et je vais vous dire comment.

43. Nous étions chez Philippe quand les députés de Thèbes arrivèrent près de lui. Philippe
voulut leur donner de l'argent, et même, ont-ils
dit, une très-forte somme. Ils refusèrent, et ne
reçurent pas une obole. Plus tard, dans un sacrifice, et pendant un festin, Philippe buvant avec
eux, et les traitant avec beaucoup d'égards, leur
offrit divers présents, le renvoi des prisonniers et
autres choses semblables, et finit par vouloir leur
faire accepter des coupes d'or et d'argent. Ils
refusèrent de nouveau, et ne s'oublièrent pas un
instant. Enfin, Philon, l'un des députés, prit la
parole et tint un langage qu'il eût fallu tenir pour
vous, et non pas pour les Thébains. Il dit donc à

III.   20

Philippe que les députés voyaient avec plaisir les sentiments de générosité et de bienveillance qu'il manifestait à leur égard ; mais qu'ils sauraient lui être attachés sans ces présents ; que dans les circonstances où se trouvait leur République, ils le priaient de tourner ses bonnes dispositions vers quelque chose de plus digne des Thébains et de lui, et qu'en le faisant, il pourrait compter sur l'affection des députés et de la République tout entière. Examinez maintenant ce qu'a valu aux Thébains la conduite généreuse de leurs députés, ce que nous a valu la perfidie des nôtres, et jugez par les faits combien il est important de ne pas vendre les intérêts de l'État. Les Thébains ont obtenu d'abord la paix dans un moment où ils étaient épuisés par la guerre et près de succomber ; ils ont obtenu la ruine totale des Phocéens leurs ennemis, et la destruction entière de leurs villes et de leurs forteresses. Est-ce tout ? non, certes, non ; ils ont reçu en outre Orchomène, Coronée, Corsies, Tilphossée, en un mot, tout ce qu'ils ont voulu dans la Phocide. Tels sont les biens qu'ont reçus les Thébains en vertu de la paix, et certes, ils n'auraient pu en désirer de plus grands. Et les députés, que leur est-il revenu ? rien, hormis pourtant l'honneur d'avoir agrandi leur patrie, belle et brillante récompense aux yeux de ceux qui savent estimer la vertu et

la gloire, que nos députés ont sacrifiées à un
vil intérêt.

44. Comparons à ces biens ceux que la paix a procurés à la République d'Athènes et à ses députés,
voyez si vous trouvez quelque chose de semblable.
La République, après avoir perdu ses possessions
et ses alliés, a juré à Philippe de s'opposer à ceux
qui voudraient sauver ces mêmes possessions,
de traiter en ennemi quiconque voudrait vous
les faire rendre, et de regarder comme allié et ami
celui qui vous les a enlevés. Voilà ce qu'Eschine
a proposé, et ce que Philocrate, son complice,
a confirmé par un décret. J'avais triomphé le premier jour, et je vous avais persuadé de confirmer
le décret des alliés, et de faire venir les députés
de Philippe ; Eschine renvoyant l'affaire au lendemain, vous fit adopter l'avis de Philocrate, où
nous trouvons ce que je viens de dire, et d'autres
choses bien plus fâcheuses encore. Voilà les
avantages que la République a retirés de la paix :
il ne serait pas facile d'imaginer quelque chose
de plus infamant, et qu'a-t-elle valu aux députés,
auteurs de ces maux ? Je passe sous silence tout
ce que vous avez vu de vos propres yeux, les
maisons, les bois, les blés ; mais ils ont acquis
dans le pays de nos malheureux alliés des possessions, des terres considérables qu'ils font cultiver
et qui rapportent un talent à Philocrate et trente

mines à Eschine. Mais ne trouvez-vous pas affreux,
Athéniens, ne trouvez-vous pas révoltant que nos
députés aient profité du malheur de nos alliés, et
que la paix ait valu à la République, qui les avait
envoyés, la ruine de ses alliés, la perte de ses
possessions, et l'ait couverte d'opprobre au lieu
de la couvrir de gloire; tandis que cette paix est
devenue, pour nos députés prévaricateurs, une
source abondante de revenus, de richesses, une
transition subite de l'extrême misère à la plus
grande opulence? Pour vous prouver la vérité de
ce que j'avance, faites paraître, greffier, les Olynthiens, qui rendront témoignage à mes paroles.

TÉMOINS.

45. Je ne serais pas étonné qu'il osât dire
qu'après une guerre aussi mal conduite par nos
généraux, il était impossible d'obtenir une paix
honorable, une paix telle que je l'aurais voulue.
S'il vous tient ce langage, pensez, au nom des
dieux, pensez à lui demander si c'est une ville
étrangère ou une ville des nôtres qui l'a nommé
député. Si c'est une ville étrangère qui, comme
il pourra le dire, a été favorisée par le sort et
servie par d'habiles généraux, il a eu raison de
recevoir de l'argent Si c'est la nôtre qui l'a envoyé, pourquoi s'est-il enrichi par les pertes qu'a
faites la ville dont il était le député; car la justice

voulait le même sort et pour les députés et pour
la ville qui les avait envoyés. Pesez bien encore
cette considération, Athéniens; que vous en
semble? Les Phocéens avaient-ils plus d'avantages
sur les Thébains pendant la guerre, que Philippe
n'en avait ici sur nous? Quant à moi, je ne crains
pas de me prononcer en faveur des Phocéens; car
ils avaient en leur pouvoir Orchomène, Coronée
et Tilphossée; ils avaient délivré leurs troupes
assiégées dans Néone, ils avaient tué à l'ennemi,
près d'Édylée, deux cent soixante et dix hommes,
et érigé un trophée; ils étaient sortis vainqueurs
d'un combat de cavalerie; enfin une iliade de
maux pesait sur les Thébains. Pour nous, rien
de semblable ne nous était arrivé, et puissions-
nous en être préservés à l'avenir! Ce qu'il y avait
de plus fâcheux dans la guerre contre Philippe,
c'est que vous ne pouviez lui nuire quand vous
le vouliez; mais aussi vous n'aviez rien à redouter de sa part. Comment se fait-il donc que les
Thébains, si malheureux dans la guerre, aient
recouvré, en vertu de la paix, leurs possessions,
et y aient ajouté celles de l'ennemi; et que les
Athéniens aient perdu durant la même paix, ce
qu'ils avaient si bien défendu pendant la guerre?
C'est que les députés thébains n'ont pas trahi
les intérêts de Thèbes, et que ceux d'Athènes
ont vendu les vôtres.

46. Mais, par Jupiter! il dira que les alliés
étaient épuisés par la guerre. Ce qui suit vous
fera voir mieux encore la corruption de nos députés. Lorsque le traité de paix, celui de Philocrate qu'Eschine avait appuyé, fut conclu, les
députés de Philippe partirent, après avoir reçu
nos serments. Jusque-là rien n'était perdu pour
la République ; la paix, il est vrai, était honteuse
et indigne de nous ; mais en revanche nous atten-
ons de merveilleux avantages. Je vous priais,
je recommandais à nos députés de se transporter
à l'Hellespont, de ne rien négliger, et de ne pas
souffrir que Philippe profitât de l'intervalle pour
s'emparer de quelque place de cette contrée. Je
savais fort bien que tout ce qu'on enlève avant
la paix est perdu pour ceux à qui on l'a enlevé ;
car quand on est déterminé à faire une paix qui
doit assurer la stabilité d'un empire, on ne la
rompt pas violemment pour quelques objets peu
importants qui ont été négligés. Ces objets restent au pouvoir de ceux qui les ont enlevés. En
outre, en faisant transporter nos députés dans ce
pays, je voulais ménager deux grands avantages
à notre République. En nous rendant sur les lieux
et en exigeant de Philippe le serment voulu par
le décret, nous aurions recouvré ce qu'il nous
avait enlevé, et il n'aurait plus touché au reste
de nos possessions ; sinon nous l'eussions dénoncé

devant vous ; alors témoins de sa cupidité et de sa
perfidie, dans un pays éloigné et pour des objets
de moindre importance, vous n'auriez pas perdu
de vue un pays voisin, et des objets tout autrement considérables, je veux dire la Phocide et les
Thermopyles. Philippe n'étant pas maître de ces
postes, et vous ayant ouvert les yeux, vous auriez
été en sûreté, et le Macédonien se serait porté de
lui-même à respecter vos droits. J'avais bien raison
d'en juger ainsi. Car si les Phocéens étaient encore ce
qu'ils étaient alors, s'ils étaient maîtres des Thermopyles, il n'aurait aucun moyen de terreur pour vous
forcer à renoncer à vos prétentions. En effet, n'ayant
aucun passage sur terre, et n'étant pas maître sur
mer, il n'aurait pu pénétrer dans l'Attique, ou
s'il avait voulu enfreindre les règles de la justice,
vous auriez empêché le commerce des ports, vous
l'auriez tenu comme assiégé, dénué d'argent et
de toute autre ressource, et il aurait été plus in-
téressé que vous à faire la paix. Or, ce ne sont
pas les événements qui m'ont fourni ces réflexions ;
non, je les avais déjà faites auparavant ; j'avais lu
dans l'avenir pour vous, et j'avais averti nos députés de ce qui devait arriver. Voici ce qui vous
en fera souvenir. Lorsqu'il n'y avait plus d'assemblée, car les jours de réunion étaient passés,
et que les députés s'arrêtaient ici inutilement, je
portai, comme membre du sénat que le peuple

avait chargé de cette affaire, un décret en vertu
duquel les députés devaient partir au plus tôt, et
se transporter, sous la conduite du Proxène, sur
les lieux où ils sauraient rencontrer Philippe. Décret qui renferme les mêmes paroles que je viens
de dire. Lisez-moi, greffier, ce décret.

DÉCRET.

47. Je les fis donc partir, et malgré eux, comme
la suite l'a prouvé clairement. Arrivés à Orée, et
réunis au Proxène, nos députés, se souciant peu
de continuer leur navigation et d'exécuter les
ordres qu'ils avaient reçus, errèrent de tous côtés,
et, avant leur arrivée en Macédoine, vingt-trois
jours s'étaient déjà écoulés. En ajoutant ce temps
à celui que nous avons passé à Pella, nous trouve-
rons une perte totale de cinquante jours. Pendant
ce temps, Philippe, profitant de l'état de paix,
prit différentes places dans la Thrace, Dorisque, le
Mont-Sacré et d'autres citadelles, et en disposa
selon ses désirs. Pour moi, je ne cessais de crier
et de murmurer; j'avertis d'abord mes collègues
d'une manière générale, sans faire aucune appli-
cation; puis j'eus l'air d'éclairer leur inexpérience;
enfin, mettant de côté tout ménagement, je les
attaquai comme des députés infidèles et traîtres à
la patrie. Celui qui me contredisait le plus ouvertement, et qui s'opposait le plus à mes avis, ainsi

qu'aux ordres que vous lui aviez donnés, c'était
Eschine. Les autres étaient-ils dans ces mêmes
dispositions, c'est ce que vous saurez bientôt, car
je ne parle pas encore d'eux, et je n'en accuse
aucun. Il n'est pas nécessaire de les forcer à s'expliquer, leur honneur doit suffire pour les déterminer à protester de leur innocence. Vous ne
voyez jusqu'à présent que crimes et trahisons;
les faits eux-mêmes vous montreront ceux qui en
sont coupables. Mais du moins ont-ils profité de
ce temps pour prendre le serment des alliés ou
d'autres mesures convenables? Non, il s'en faut.
Partis d'Athènes depuis trois mois, ayant reçu
pour leur voyage mille drachmes, somme que
n'a jamais donnée aucune ville à ses députés, ils
n'ont pris le serment d'aucun peuple, ni lorsqu'ils allaient en Macédoine, ni lorsqu'ils en revenaient; ils prirent celui de Philippe dans une
hôtellerie qui se trouve en face du temple de Cas-
tor et de Pollux; ceux qui ont été à Phérès savent
ce que je veux dire. C'est là que Philippe, qui
marchait déjà sur l'Attique, fit ses serments,
chose honteuse et indigne de vous, Athéniens.
Tout s'est fait selon les vœux de Philippe, car
comme nos députés n'avaient pu obtenir la clause :
excepté les Aléens et les Phocéens, et qu'au contraire Philocrate avait été obligé de l'effacer et de
mettre dans le traité *les Athéniens et leurs alliés;*

il ne voulait pas qu'on reçût le serment d'aucun
de ses alliés ; car ils ne l'auraient pas aidé dans ses
entreprises contre vous, ils auraient pris pour
prétexte les serments. Il ne voulait ni les rendre
témoins des promesses qui lui ont fait obtenir la
paix, ni faire voir que la République d'Athènes
n'avait point été vaincue dans la guerre, et que
c'était Philippe qui avait désiré la paix, et qui
l'avait obtenue à force de promesses. Pour tenir
tout cela caché, il croyait que les députés ne
devaient aller nulle part. Ceux-ci poussant la com-
plaisance à l'excès, et jaloux de signaler leur
zèle (1), octroyèrent tout. Mais s'ils sont convaincus sur tous ces points ; s'ils sont convaincus d'a-
voir perdu un temps précieux, d'avoir abandonné
les villes de la Thrace, d'avoir apporté ici des
promesses mensongères, d'avoir violé vos ordres
et de n'avoir rien fait qui vous fût utile ; comment pourraient-ils être absous par des juges
sensés et fidèles à leurs serments ? Pour montrer
la vérité de ce que je viens de dire, lisez, greffier,
le décret relatif à la manière dont nous devions
recevoir les serments ; lisez ensuite la lettre de
Philippe, puis le décret de Philocrate ; enfin, celui
du peuple.

---

(1) Οὗτοι δ' ἐχαρίζοντο..... *Operam suam illi venditantes, et in
adulationem effusi, sese illi commendare atque insinuare cu-
pientes, et veluti lenocinantes omnibus obsequiis.* Ex edit. HERVAG.

DÉCRET, LETTRE, DÉCRETS.

Pour vous prouver que nous aurions pu re-
joindre Philippe dans l'Hellespont, si l'on avait
voulu me croire, et exécuter les ordres donnés,
faites paraître comme témoins les personnes présentes sur les lieux.

TÉMOINS.

Lisez-nous, greffier, une autre déposition, la
réponse que le roi de Macédoine fit à Euclide,
qui vint après nous.

DÉPOSITION.

48. Pour vous convaincre qu'ils ne peuvent
pas nier avoir agi dans l'intérêt de Philippe,
écoutez-moi. Lorsque nous partîmes pour la première ambassade, celle pour la paix, vous envoyâtes
en avant un héraut pour préparer la voie des
négociations. Les députés partant subitement arrivèrent à Orée ; sans attendre le héraut et sans
s'arrêter un instant, ils se rendirent par mer à
la ville d'Ale, qui était assiégée ; de-là ils allèrent trouver Parménion, qui en faisait le siége,
traversèrent l'armée ennemie, vinrent à Pagase ;
enfin, en précipitant leur marche, ils rencon-
trèrent le héraut à Larisse, tant ils avaient mis de
zèle et d'empressement dans leur voyage ; et puis
quand on fut en paix, quand on put voyager sans

danger, et qu'on eut ordre de hâter sa marche, on n'eut la pensée ni de se presser, ni de s'embarquer. D'où cela vient-il? De ce que, dans le premier cas, il était de l'intérêt de Philippe de faire la paix au plus tôt; tandis que, dans le second, il était de son intérêt de reculer le plus tard possible l'époque des serments. En preuve de ce que j'affirme, prenez la déposition relative à ce sujet.

DÉPOSITION.

Serait-il possible d'apporter contre un homme une preuve de corruption plus convaincante que celle qui nous est fournie par ce voyage, où l'on s'arrêtait quand il fallait se presser, et où l'on se pressait quand il fallait s'arrêter et attendre le héraut?

49. Voyez encore à quoi chacun a employé son temps pendant notre séjour à Pella. Quant à moi je m'occupai à rechercher les prisonniers, à les racheter de mes propres deniers, et à demander à Philippe leur liberté en place des présents qu'il nous offrait. Vous allez apprendre quelles étaient les occupations perpétuelles d'Eschine? A quoi était-il donc occupé? A prier Philippe de nous offrir des présents en commun; car il ne faut pas ignorer qu'il nous sonda tous, en nous envoyant à chacun en particulier un de ses émissaires, et en nous offrant une somme considérable. Comme il a échoué devant la probité de l'un

d'entre nous, quel qu'il soit (car je ne crois pas
devoir me nommer; mais les actions et les faits
parleront assez d'eux-mêmes); il a cru qu'en nous
faisant des offres en commun, il réussirait faci-
ment à nous les faire accepter, et que, par cette
participation aux largesses communes, il mettrait
hors de danger ceux qui s'étaient vendus à lui en
particulier. Voilà pourquoi il nous faisait ses
offres qu'il appelait présents d'hospitalité. Comme
je les refusais, les autres députés les partagèrent
entre eux, et puis, quand je demandais à Philippe d'employer ces présents au rachat des prisonniers, il ne crut pas décent de refuser ni de
dire que l'argent avait été donné à tel ou tel, ou
d'avoir l'air de craindre la dépense; il fit donc
une réponse évasive en disant qu'il les renverrait
aux Panathénées. Lisez-nous la déposition d'Apollophane, et d'autres personnes qui nous accom-
pagnaient.

DÉPOSITIONS.

50. Je vais vous dire combien j'ai racheté de
prisonniers. Pendant notre séjour à Pella, où
nous attendions le retour de Philippe, quelques
prisonniers qui étaient dans la ville ayant fourni
des garanties, craignant, ce me semble, de ne pas
obtenir leur liberté, me disaient qu'ils aimaient
mieux se racheter eux-mêmes que d'en être rede-

vables à Philippe. Ils me demandèrent donc à
emprunter de l'argent, les uns trois mines, les
autres cinq, d'autres autant qu'il leur en fallait
pour se racheter. Et puis, quand Philippe eut
promis de renvoyer les autres, je réunis ceux à
qui j'avais prêté, je leur dis ce qui s'était passé,
et leur déclarai en même temps que, ne voulant
pas qu'ils eussent un sort différent de celui de
leurs compagnons d'infortune, ni que des citoyens
pauvres se fussent rachetés à leurs dépens, tandis
que les autres prisonniers avaient l'espérance
d'obtenir leur liberté de Philippe, je leur faisais
la remise de tout ce que je leur avais prêté.
Pour vous prouver que je dis vrai, lisez les dépositions.

DÉPOSITIONS.

51. Voilà les sommes que j'ai remises et fournies gratuitement pour délivrer de malheureux
citoyens. Ainsi quand Eschine dira tout à l'heure :
Pourquoi, Desmosthène, puisque tu t'es aperçu
de nos prévarications du moment où j'ai appuyé
le décret de Philocrate, as-tu accepté avec nous
l'ambassade des serments, pourquoi ne l'as-tu pas
refusée? Rappelez-vous que j'avais promis à nos
concitoyens captifs, que je venais de racheter, de
revenir, d'apporter avec moi le prix de leur rançon, et de briser leurs fers autant qu'il serait en

mon pouvoir. Or, il aurait été fâcheux de ne pas remplir ma promesse et d'abandonner des malheureux; et, refusant la qualité d'ambassadeur, il n'y avait pour moi ni sûreté ni convenance à voyager dans ce pays. Sans l'intention de ce rachat, que je sois exterminé si, pour tout l'or du monde, j'eusse accepté l'ambassade avec de pareils hommes. La preuve est qu'ayant été nommé deux fois pour la troisième ambassade, j'ai refusé deux fois, et que, dans ce voyage, je leur ai été constamment opposé. Ainsi chaque fois que j'étais maître, les affaires ont eu le succès que je viens de vous dire; et lorsque les députés l'ont emporté sur moi par le nombre, tout a été perdu. Cependant nos affaires auraient toujours prospéré si l'on avait suivi mes conseils; car moi qui, par zèle pour vous, dépensais de l'argent quand d'autres en recevaient, je ne suis pas assez malheureux ni assez dépourvu de sens pour avoir refusé le parti qui, sans me rien coûter, eût été de beaucoup plus utile encore à la République. Athéniens, oui, certes, je l'aurais préféré; mais ces hommes, sans doute, devaient l'emporter sur moi.

52. Comparez, je vous prie, ma conduite avec celle d'Eschine et de Philocrate, ce parallèle mettra l'une et l'autre dans tout son jour. Ils ont d'abord exclu du traité les Phocéens, les Aléens et Cersoblèpte, au mépris de votre décret et de

tout ce qui a été dit à ce sujet ; puis ils ont cherché
à changer et à annuller le décret qui ordonnait
notre ambassade, ils ont mis les Cardiens au
nombre des alliés de Philippe, ils ont refusé d'envoyer la lettre que j'avais écrite, et en ont écrit
et envoyé une autre toute pleine de mensonges ;
enfin cet homme généreux, voyant que je blâmais
leur conduite, qui me paraissait infâme, et qui,
comme je le craignais, devait finir par m'enve-
lopper dans leur propre condamnation, dit hautement que j'avais promis à Philippe de détruire
votre démocratie, lui qui pendant tout le temps
ne cessait d'avoir des entrevues secrètes avec lui.
Je jette un voile sur tout le reste pour m'arrêter
à un seul fait. Dercyle l'observa une nuit à Phérès, en prenant avec lui mon esclave ; et, le
voyant sortir de la tente de Philippe, il m'envoya l'esclave pour m'en prévenir, le priant en
même temps d'en garder le souvenir. Enfin, cet
homme abominable et effronté passa, à notre départ, une nuit et un jour avec Philippe. Pour
vous le prouver, je vais l'attester moi-même et
me rendre responsable de mon témoignage ; ensuite j'interpellerai tous les autres députés, je les
forcerai, ou d'attester le fait ou de le nier avec
serment ; s'ils le nient, je les convaincrai de parjure devant vous tous.

DÉPOSITION DE DÉMOSTHÈNE

53. Vous venez de voir quelles peines et quels embarras j'ai éprouvés pendant tout le temps de notre ambassade; car que pensez-vous qu'ils aient fait, étant près du corrupteur qui les payait, puisqu'ils font de pareilles choses sous vos yeux, devant vous, qui avez autorité pour les récompenser ou les punir? Je vais résumer mon accusation pour vous montrer que j'ai rempli ma tâche, telle que je l'avais annoncée dans le début de mon discours. J'ai prouvé qu'Eschine ne vous a rien dit de vrai, qu'il vous a trompés, et, pour cet effet, je me suis servi, non de paroles, mais de faits; j'ai prouvé encore qu'en vous surprenant par ses vaines promesses, et ses faux rapports, il vous a empêchés d'entendre la vérité dont j'étais l'interprète, qu'il vous a donné des conseils perfides, qu'il s'est opposé à la paix des alliés, qu'il a soutenu Philocrate, qu'il a perdu un temps précieux, et vous a mis, par ses délais, hors d'état de secourir les Phocéens; qu'il a commis beaucoup d'autres horribles méfaits durant notre ambassade; enfin, qu'il s'est laissé corrompre, qu'il a tout vendu, tout livré, et qu'il n'a reculé devant aucun excès. Voilà ce que j'ai annoncé au commencement de mon discours, et voilà aussi ce que je viens de vous démontrer.

54. Voyez ce qui me reste après cela, ma conclusion sera très-simple. Vous avez juré de juger d'après les lois, d'après les décrets du peuple et du conseil des cinq cents ; Eschine est convaincu d'avoir enfreint dans son ambassade les lois, les décrets et toutes les règles de la justice ; des juges équitables ne peuvent donc s'empêcher de le condamner. Mais il est coupable de deux crimes qui le rendent digne de la peine de mort, quand même il serait innocent sur tout le reste. Il a livré à Philippe non-seulement la Phocide mais encore la Thrace ; or, il n'y a pas dans tout l'univers deux postes plus importants pour nous que les Thermopyles sur terre et que l'Hellespont sur mer. Eh bien ! ces scélérats ont vendu honteusement ces deux postes, et les ont mis aux mains de Philippe. Quel crime, sans parler du reste, d'avoir abandonné la Thrace et les places fortes ? J'aurais mille choses à dire sur ce sujet. Il me serait facile de citer nombre d'exemples de citoyens que vous avez mis à mort ou condamnés à de fortes amendes pour des actes semblables ; tels sont Ergophile, Céphisodote, Timomaque, et antérieurement Ergoclès, Denys et plusieurs autres, qui, peu s'en faut que je ne dise tous ensemble, ont fait moins de mal à la République que ne lui en a fait Eschine. Mais alors, Athéniens, la raison vous guidait ; vous saviez prévoir les maux et les éviter ; maintenant

si le mal ne vient vous frapper tous les jours et
vous serrer de près, vous y êtes insensibles. Vous
ordonnez légèrement dans vos décrets que Philippe comprenne Cersoblèpte dans le traité; mais
vous l'empêchez d'être du conseil amphictyonique, et vous voulez faire des réformes dans le
traité. Certes, il n'aurait fallu aucun de ces décrets, si Eschine avait voulu s'embarquer et faire
ce qui était nécessaire; mais ce qu'il était facile
de sauver en allant par mer, et en vous disant la
vérité, il l'a perdu en nous menant par terre et
en vous faisant des rapports mensongers.

55. Ce qui l'irritera beaucoup, comme j'ap-
prends, c'est qu'il est le seul orateur qu'on oblige
à rendre compte de ses discours. Pour moi, je
n'examine pas si l'on n'aurait pas raison de demander compte à tous les orateurs, lorsqu'ils ont
parlé pour de l'argent. Mais voici ce que je dis :
si Eschine, comme simple particulier, a péché
par ignorance, n'examinez pas trop sévèrement
sa conduite; renvoyez-le et pardonnez-lui. Mais
si, étant député, il vous a trompés, mu par un
sordide intérêt et de dessein prémédité, alors
ne l'acquittez pas, et ne souffrez pas qu'il échappe
à la peine qu'il a méritée par ses discours; car
quel autre compte doit-on demander à des députés que celui de leurs paroles? Les députés ne
sont maîtres ni des flottes, ni des places, ni de

l'armée, rien de tout cela ne leur est confié; mais ils disposent du temps et de la parole. Quant au temps, si Eschine n'en a pas fait perdre à la République, il n'est point coupable; sinon il a prévariqué. Quant à ses discours, s'il vous a fait des rapports vrais et utiles, qu'il soit acquitté; mais si la soif de l'or l'a porté à débiter des mensonges funestes à nos intérêts, qu'il soit condamné; car le mensonge dans un état où la parole fait presque tout, est le plus grand de tous les crimes. Comment prendre de bonnes mesures quand on est mal informé? Comment ne pas courir les plus grands dangers quand un citoyen se met aux gages de l'ennemi, et parle dans ses intérêts? Quant au temps, il est d'une tout autre importance dans un État populaire que dans un État oligarchique ou despotique, oui, il est d'une plus grande importance; car, dans ces États, tout s'exécute sur-le-champ d'après un édit. Dans votre gouvernement, il faut sur toute chose en référer au sénat, faire un décret préparatoire, et le sénat ne se réunit extraordinairement que quand il s'agit, ou d'envoyer des ambassadeurs, ou d'entendre ceux qui nous sont envoyés, et puis, il faut convoquer l'assemblée du peuple, et cela aux jours fixés par les lois; ensuite il faut combattre et confondre ceux qui par ignorance ou par méchanceté s'opposent aux avis utiles; enfin,

quand on est d'accord sur le parti à prendre, il
reste à donner aux citoyens pauvres le temps de
se procurer ce qui est nécessaire pour exécuter
les décrets. Faire perdre du temps dans un tel
gouvernement, ce n'est pas dérober des moments,
non, c'est tout simplement enlever les affaires.

56. Quand on parle de ceux qui veulent vous
tromper, ils ont toujours une réponse toute prête.
On trouble la ville, disent-ils, on empêche Philippe de nous faire du bien. Sans m'arrêter à réfuter ces propos, je vais vous lire les lettres de
Philippe, et vous rappeler en détail les circonstances où vous avez été trompés, afin de vous
faire voir que ces insipides discours répétés jusqu'à satiété, leur ont ôté le moyen de vous
tromper.

LETTRES DE PHILIPPE.

57. Après avoir commis dans son ambassade
des crimes si honteux et en si grand nombre,
après avoir tourné tout contre vos intérêts, il se
promène en disant : « Que penser de ce Démosthène qui accuse ses collégues? » Mais par
Jupiter! je dois le faire bon gré malgré. Après les
piéges que tu m'as tendus durant tout notre
voyage, et les prévarications que tu as commises,
il ne me reste plus que le parti, ou de passer pour
ton complice, ou de t'accuser? Mais je prétends

n'être pas ton collègue, tu as agi contrairement
à nos intérêts, et moi j'ai cherché à les servir.
Ton collègue, c'est Philocrate, et le collègue de
Philocrate c'est toi, c'est Phrynon. Votre conduite à tous était la même, parce que tous vous
étiez dirigés par le même principe. Où sont ces
tables, ces repas et ces libations, s'écrie-t-il avec
une voix théâtrale, comme si c'étaient les hommes
dévoués et non les prévaricateurs qui violent ces
droits sacrés? On voit de tous côtés des prytanes
qui font des sacrifices en commun, et qui prennent part aux mêmes repas et aux mêmes libations, et cela n'est pas une raison pour que les
bons citoyens participent à la perversité des méchants; au contraire, s'ils trouvent parmi eux
un prévaricateur, ils le défèrent au sénat et au
peuple. Le sénat a aussi ses sacrifices et ses repas
communs; les généraux et presque tous les magistrats font ensemble des libations et des sacrifices; laissent-ils pour cela impunis les prévaricateurs? Non, il s'en faut. Léon accusa Timagore,
quoiqu'il eût été pendant quatre ans son collègue
d'ambassade; Eubulus accusa Tharrécès et Smi-
cythe, qui avaient vécu avec lui; Conon, cet ancien général, accusa Adimante, avec qui il avait
partagé le commandement de l'armée. Qui donc,
Eschine, violait les droits de l'hospitalité et des
libations? Etaient-ce ceux qui trahissaient, qui

agissaient contrairement à leurs instructions,
et se laissaient corrompre, ou bien ceux qui
les accusaient? C'étaient certainement ceux qui,
comme toi, souillaient, non quelques sacrifices particuliers, mais ceux de la patrie tout
entière.

58. Pour vous faire voir que de tous les hommes
qui sont allés près de Philippe, soit comme simples particuliers, soit comme hommes publics,
ces députés sont les plus corrompus et les plus
pervers, écoutez-moi sur un fait étranger à cette
ambassade : Philippe, après la prise d'Olynthe,
célébra les jeux olympiques. Il avait fait venir à
ce sacrifice et à cette fête les acteurs les plus distingués de toute la Grèce. Assis à table avec eux,
et distribuant des couronnes aux vainqueurs, il
demanda à ce Satyrus, acteur comique, pourquoi
lui tout seul il ne demandait rien? s'il avait remarqué en lui quelque bassesse, ou s'il en avait
reçu quelque offense personnelle? Satyrus répondit, dit-on, qu'il n'avait pas besoin de ces récompenses recherchées par les autres; que cependant il en était une qu'il demanderait volontiers,
et que Philippe pourrait accorder facilement;
mais qu'il n'a pas osé solliciter dans la crainte
d'un refus. Philippe lui ordonna de s'expliquer,
et lui promit avec la générosité du jeune âge de
ne lui rien refuser. Satyrus prit la parole et dit :

J'avais à Pydne un ami nommé Apollophane (1);
lorsqu'il eut été mis à mort sur de fausses imputations, ses parents, frappés de terreur, menè-
rent ses jeunes filles à Olynthe pour les mettre
en sûreté. Cette ville ayant été prise, elles sont
devenues vos prisonnières; elles ont atteint l'âge
nubile et sont en votre pouvoir. Je vous les demande et vous prie de me les rendre : voici l'usage
que je ferai du présent, si vous me l'accordez.
Je n'en tirerai aucun profit. Je leur ferai une
dot, je les placerai convenablement, et ferai en
sorte qu'elles ne souffrent rien d'indigne de moi
ou de leur père. Quand les convives entendirent
ce langage, ils éclatèrent en applaudissements,
en éloges, et firent tant de bruit que Philippe en
fut ému, et accorda la demande, quoiqu'Apollophane eût été un des meurtriers d'Alexandre,
frère du roi.

59. Comparons à la conduite de Satyrus ce qui
s'est passé dans un repas donné en Macédoine à
ces députés, et voyez si vous y trouvez quelque
chose qui y ressemble ou qui en approche. Invités chez Xénophron, fils de Phédime, un des
trente tyrans, ils s'y rendirent. Quant à moi, je
refusai. Quand ils se furent mis à boire, le maître

_____

(1) Apollophane de Pydne, était un des meurtriers d'Alexandre,
frère aîné de Philippe, qui avait succédé à Amyntas leur père, et
qui ne régna pas un an entier.

de la maison introduisit une Olynthienne d'une rare beauté; mais sage et vertueuse, comme la suite l'a démontré. Ils l'invitèrent d'abord à prendre part au festin, à boire et à manger avec eux, comme Iabroclès me l'a raconté le lendemain. Ils allèrent insensiblement plus loin et, échauffés par le vin, ils la prièrent de s'asseoir près d'eux et de chanter. Comme cette malheureuse femme ni ne voulait, ni ne savait chanter, Eschine et Phrynon prirent ce refus pour un affront, qu'il ne fallait pas, d'après ce qu'ils disaient, laisser impuni dans une Olynthienne captive, appartenant à une nation exécrable et ennemie des dieux. Qu'on fasse venir, s'écriaient-ils, un esclave et qu'il apporte un fouet. L'esclave arrive le fouet à la main; comme cette femme, par ses plaintes et ses larmes avait irrité ces hommes qui avaient bu et dont la bile était facile à échauffer, l'esclave déchire sa robe et la frappe cruellement au dos. Hors d'elle-même et accablée de coups, elle s'élance en avant, se jette aux pieds d'Iatroclès en renversant la table : et si celui-ci ne l'eût enlevée, elle aurait péri au milieu de cette orgie, car cet impur Eschine est terrible dans l'ivresse. Cette scène fit beaucoup de bruit dans toute l'Arcadie et Diophante vous en fit le récit; je le forcerai tout-à-l'heure d'en rendre témoignage. On en parla beaucoup aussi en Thessalie et partout

ailleurs. Et cependant cet homme exécrable à qui
la conscience reproche tant de crimes, osera vous
regarder en face et vous exposer d'une voix sonore
l'histoire de sa vie, c'est ce qui met le comble à
mon indignation. Nos citoyens ne savent-ils donc
pas que dans ton enfance tu lisais à ta mère les
formules d'initiation? que tu as passé ta jeunesse
dans la réunion des bacchantes et des hommes
ivres, et qu'attaché comme greffier à des admi-
nistrateurs subalternes, tu trahissais leurs intérêts pour deux ou trois drachmes, et qu'enfin tu
gagnais ta vie en te louant aux histrions de campagne qui te faisaient jouer les troisièmes rôles?
Quelle vie nous exposeras-tu donc? celle que tu
n'as pas menée, puisque l'histoire réelle de ta
vie est telle que je viens de la dépeindre. Voyez
quelle est son audace (1) : il accuse un autre
pour ses désordres; mais je ne veux pas en parler.
Lisez-moi les témoignages.

DÉPOSITIONS.

60. Convaincu de prévarications si graves et
en si grand nombre, prévarications qui renfer-
ment toute sorte de crimes, corruption, flatterie,
impiété, mensonge, trahison envers des amis, et
tout ce qu'on peut imaginer de plus hideux : il ne

---

(1) Ἐξουσία ne signifie pas toujours *autorité*, *droit*, mais aussi,
comme ici, *audace*, *liberté*. TAYLOR.

pourra se justifier sur aucun de ces griefs, ni apporter pour sa défense une raison tant soit peu
valable. Celle qu'il doit alléguer, d'après ce que
j'ai appris, tient de la folie : mais comme il ne
peut faire valoir aucune raison solide, il est obligé
d'en forger. Il dira donc, si je suis bien informé,
qu'après avoir participé à ce dont je l'accuse, après
avoir approuvé ses actes et secondé ses démarches,
je change tout-à-coup de système et prends le
rôle d'accusateur. Mais cette raison ne le justifie
pas, elle est plutôt une accusation contre moi.
Car si ma conduite est telle, je suis coupable :
mais il n'est pas justifié pour cela, il s'en faut
beaucoup. Je crois qu'il est de mon devoir de
vous faire voir, d'abord, qu'en tenant ce langage
il mentirait, et que, quand il dirait vrai, ce ne
serait pas encore là une justification légitime.
Pour le disculper solidement et simplement il faudrait démontrer, ou que les faits dont on l'accuse
n'ont pas eu lieu, ou que, s'ils sont arrivés, ils
ont été avantageux à la République. Or, Eschine
ne peut démontrer ni l'un ni l'autre. Qu'il ait
été avantageux à la République que les Phocéens
périssent, que Philippe s'emparât des Thermopyles, que les Thébains se fortifiassent, qu'il y
eût des troupes dans l'Eubée, que des piéges
fussent tendus aux Mégariens, et que la paix ne
fût pas sacrée, c'est ce qu'il ne saurait dire ; puis-

que tout le contraire vous fut annoncé par lui comme étant de votre intérêt et comme devant arriver : il ne pourra pas prouver non plus que des faits que vous connaissez et que vous voyez ne sont point arrivés. Il ne reste donc plus qu'à vous montrer que je n'ai participé à aucun de ses actes.

61. Voulez-vous que, mettant de côté tout le reste, je m'appuie sur leur propre témoignage pour vous prouver que je les ai contredits étant près de vous, que je les ai attaqués dans le cours de notre ambassade, que je me suis constamment opposé à leurs desseins, que ma conduite a été toute différente de la leur, et que je refusais de l'argent lorsqu'ils en recevaient pour trahir vos intérêts? Vous allez le voir : Quel est le citoyen le plus pervers, le plus téméraire et le plus effronté? personne ne manquera de nommer Philocrate. Quel est l'oratrur qui prononce les plus longs discours, et les débite le plus distinctement? c'est Eschine. Quel est celui à qui ils reprochent le défaut d'assurance en présence de la multitude, de la pusillanimité que j'appelle circonspection? c'est moi; car je ne vous ai jamais importunés, jamais je ne vous ai forcés à m'entendre. Cependant chaque fois qu'il a été question dans nos assemblées de ces députés, vous m'avez toujours entendu les accuser, les confondre, et leur dire ouvertement qu'ils s'étaient laissé corrompre et

qu'ils avaient vendu les intérêts de la République.
Et jamais aucun d'eux ne m'a répondu, aucun
d'eux n'a ouvert la bouche, ni ne s'est montré.
D'où vient donc que ceux d'entre les citoyens
d'Athènes qui ont le plus d'audace et parlent le
plus haut, se taisent devant l'orateur le plus
timide et dont la voix se fait le moins entendre?
C'est que la vérité est forte et que tout ce qui ne
repose pas sur elle est faible. La conscience qui
les accusait secrètement leur a ôté la hardiesse,
a enchaîné leur langue, fermé leur bouche,
étouffé leur voix, et les a réduits au silence. Dernièrement encore, lorsqu'assemblés au Pirée, vous
vous opposiez à l'ambassade d'Eschine, vous savez
comme il criait contre moi, me menaçant de m'accuser, de me poursuivre comme criminel d'état.
C'était là le commencement de grands combats
et de longs discours. Cependant il ne fallait que
deux ou trois mots fort simples, et à la portée
de l'esclave le plus novice. Athéniens, devait-il
dire, l'affaire qu'on porte devant vous est grave.
Démosthène m'accuse de crimes dont il est complice. Il dit que j'ai reçu de l'argent : Mais il en a
reçu lui-même, ou il l'a partagé avec nous. Mais
non, il n'a rien dit, il n'a point parlé, personne
de vous ne l'a entendu. Il s'en tenait à des mena-
ces; et pourquoi? parce qu'il se sentait coupable.
Il tremblait comme un esclave à la pensée de

ses crimes ; sa conscience lui défendait d'aborder ce sujet, il s'en éloignait autant que possible ; tandis que rien ne l'empêchait d'éclater en injures et en invectives.

62. Mais voici quelque chose qui passe toute mesure, et ici il ne s'agit plus de paroles, mais d'un fait. Guidé par les règles de la justice, je voulais rendre deux fois mes comptes parce que j'étais allé deux fois en ambassade. Eschine, suivi d'un grand nombre de témoins, se présenta devant ses juges, me fit interdire l'entrée du tribunal sous prétexte que j'avais rendu mes comptes, et que j'étais déchargé de toute responsabilité. Cette démarche était du dernier ridicule : quel pouvait en être le motif ? c'est qu'ayant rendu compte de la première ambassade dont personne ne se plaint, il ne voulait plus reparaître pour la seconde dont je lui demande raison et où se trouvent tous ses crimes. Or si je m'étais présenté une deuxième fois au tribunal, il aurait été obligé de s'y présenter également. C'est pourquoi il s'est opposé à mon dessein. Mais ce fait, Athéniens, vous prouve évidemment deux choses : d'abord qu'il s'est condamné lui-même, et tellement condamné que vous ne pouvez plus l'absoudre sans impiété ; ensuite, que tout ce qu'il dira contre moi est faux. Car s'il avait eu alors quelque chose à alléguer, il se serait empressé de m'accuser et, par Jupiter ! il ne

m'aurait pas écarté du tribunal. Citez-moi les témoins, ils attesteront la vérité de ces assertions.

TÉMOINS.

63. Si Eschine me répondait par des reproches injurieux étrangers à l'ambassade, vous auriez bien des raisons pour ne pas l'écouter. Car
je ne suis pas mis en jugement, et de plus, personne ne voudra me donner le temps de répondre. D'ailleurs, répondre de cette manière, n'est-
ce pas montrer qu'on n'a rien à répliquer? En
effet, quel accusé voudrait prendre le rôle d'accusateur quand il peut se défendre. Faites encore
cette réflexion : Si, étant poursuivi devant les
tribunaux, j'avais Eschine pour accusateur et
Philippe pour juge; si, n'ayant rien à répliquer,
j'avais recours aux invectives et aux injures,
croyez-vous que Philippe souffrît qu'en sa présence on dît du mal de ceux qui le servent si
bien? Ne soyez donc pas au-dessous de Philippe
et forcez l'accusé à se renfermer dans la cause.
Lisez-moi les témoignages.

TÉMOIGNAGES.

64. Ainsi, n'ayant rien à me reprocher, je voulais
rendre mes comptes, et remplir toutes les forma-
lités prescrites par les lois : Eschine fit tout le contraire. Comment donc aurions-nous eu la même

conduite? Comment pourrait-il alléguer des raisons
dont il n'avait jamais parlé auparavant? Non,
cela n'est pas possible. Cependant il le fera, et
n'en soyez pas étonnés; car vous le savez fort
bien, depuis qu'il y a des hommes sur la terre et
qu'on rend des jugements, jamais aucun criminel
n'a été condamné pour des fautes qu'il eût avouées;
tous se présentent d'un air effronté, ils nient les
faits, ils en inventent, ils cherchent des défaites;
enfin, ils emploient tous les moyens pour échapper à la justice. Ne vous laissez surprendre par
aucun de ces artifices, jugez la cause d'après
votre conviction, ne vous rapportez ni à mes paroles, ni à celles d'Eschine, ni aux témoins qu'il se
procurera facilement par la protection de Philippe, et vous verrez avec quel empressement ils
attesteront en sa faveur. Ne faites attention ni à la
force de son organe, ni à la faiblesse du mien.
Car la saine raison vous fait sentir qu'il ne s'agit
pas de prononcer en ce jour sur des rhéteurs
et sur leurs discours; votre décision doit porter
sur des désastres amenés par des voies infâmes
et criminelles. Vous devez discuter des faits no-
toires pour vous tous, en faire retomber l'infamie sur leurs auteurs; et quels sont ces faits?
Puisque vous les connaissez, je pourrais me dis-
penser de vous les exposer. Si la paix vous a apporté les avantages promis, si vous confessez avoir

été assez lâches pour vous trouver heureux de
conclure cette paix dans un moment où, n'ayant
rien à redouter ni sur terre ni sur mer, voyant
la ville dans une sécurité parfaite, approvisionnée
à bon compte et jouissant de la prospérité dont
elle jouit actuellement, vous prévoyiez et saviez
par les députés que nos alliés étaient à la veille de
leur ruine, que les Thébains allaient accroître leur
puissance, Philippe s'emparer des Thermopyles et
établir dans l'Eubée des forts pour vous tenir en
respect; enfin, qu'il arriverait tout ce qui s'est
passé, alors renvoyez Eschine absous, et n'ajoutez
pas le parjure à tant d'opprobres; car il ne vous a
fait aucun tort, et je me montre un insensé en
l'accusant. Mais s'il en est tout autrement; si les
députés vous ont flattés d'un brillant avenir;
s'ils ont dit que Philippe était bien disposé envers
notre République, qu'il sauverait les Phocéens,
réprimerait l'insolence des Thébains; si de plus
ils vous ont assuré que, s'il obtenait la paix, il
vous dédommagerait amplement d'Amphipolis en
vous rendant Orope et l'Eubée; si en tenant ces
propos et en nous faisant ces promesses, ils vous
ont trompés indignement; s'ils ont tout livré à
l'exception de l'Attique, condamnez-les et n'allez
pas, en outre de tant d'autres ignominies que
vous auriez subies (car quel autre nom imaginer)?
ignominies qui leur ont été à eux largement

III.   22

payées, n'allez pas, dis-je, remporter dans vos maisons l'imprécation et le parjure.

65. Considérez encore, Athéniens, quel motif aurait pu me porter à les accuser s'ils étaient innocents. Vous n'en trouverez aucun. Est-il donc si doux d'avoir beaucoup d'ennemis? non, et cela est tout aussi peu sûr. Y avait-il entre moi et Eschine quelque ancienne inimitié? aucune. Mais, dira-t-il, comme j'ai appris, tu craignais pour toi-même, et tu as cru trouver ton salut dans l'accusation. Mais il ne pouvait y avoir de danger, puisqu'il n'y avait, selon toi, aucune prévarication. Au reste, s'il allègue cette raison, faites cette réfléxion, Athéniens : si les prévarications sont telles, que j'en avais à craindre la punition, malgré mon innocence, quel châtiment ne méritent pas ceux qui les ont commises? Ce n'est donc pas ce motif qui m'a guidé. Pourquoi est-ce enfin que je t'accuse? Eh! par Jupiter, je te calomnie pour recevoir de toi de l'argent? Et lequel des deux était le plus avantageux pour moi : ou recevoir de Philippe donnant beaucoup et plus sans doute que n'aurait pu faire aucun de ceux-ci, et m'assurer en même temps son amitié et la leur : car ils auraient été, oui, ils auraient été mes amis, si j'avais pris part à leurs actes; la haine qu'ils me portent n'est point héréditaire, elle vient de ce que j'ai refusé de tremper dans leurs prévarications ; ou bien m'é-

tait-il plus avantageux de demander ma part de
leur salaire, de devenir leur ennemi et celui
de Philippe, de racheter les prisonniers de mes
propres deniers, et de mendier aujourd'hui auprès
de nos députés une portion modique du prix de
leur trahison, portion que je ne pourrais recevoir
qu'avec leur haine? Non, il n'en est pas ainsi. Je
vous ai dit la vérité, j'ai résisté à toute séduction,
pour l'intérêt de la justice et de la vérité, pensant
que dans la suite je recevrais, comme d'autres
citoyens, les récompenses attachées à une conduite honorable, et qu'il ne fallait sacrifier votre
estime à aucun intérêt. Je déteste ces hommes,
parce que dans cette ambassade ils se sont montrés pervers et ennemis des dieux, et que leur
corruption, qui vous a animés contre l'ambassade
en général, m'a privé des honneurs que j'avais
droit d'attendre pour mon compte. Je les accuse
donc maintenant, parce que, prévoyant l'avenir,
je veux faire décider par un tribunal que ma conduite était opposée à la leur. Je crains, car je
veux vous dire toute ma façon de penser, je
crains, que, malgré toute mon innocence, vous
ne m'enveloppiez un jour dans leur condamnation et que dans ce moment-ci vous ne faiblissiez.
Car, Athéniens, vous me paraissez plongés dans
l'apathie, et disposés à différer votre châtiment
jusqu'au moment de la détresse; vous ne cherchez

pas à vous préserver des maux que souffent les autres Grecs, et vous ne songez point au salut d'une
République qui a déjà souffert de si cruelles atteintes. Cela ne vous paraîtra-t-il pas bien grave
et bien étrange ? J'avais résolu de me taire sur
quelque chose ; mais il me devient impossible de
ne point parler. Vous connaissez Pythoclès, fils de
Pythodore ; je vivais avec lui dans la plus grande
intimité. Jamais il n'y a rien eu entre lui et moi.
Depuis qu'il a été chez Philippe, il évite ma rencontre, et quand il ne peut pas m'éviter, il se
retire aussitôt de peur qu'on ne le voie s'entretenir avec moi. Mais on le voit faire avec Eschine
de longues promenades sur la place publique, il
raisonne et délibère avec lui. N'est-il pas affreux
et pitoyable, Athéniens, que Philippe ait produit
sur ceux qui sont à ses gages une telle impression
qu'ils se le représentent informé de tout ce qui se
passe ici, comme s'il en était témoin, et croient
devoir regarder comme amis ou ennemis ceux
qui paraissent l'être de Philippe ; tandis que des
citoyens qui ne vivent que pour vous, qui n'am-
bitionnent que votre confiance et qui sont incapa-
pables de la trahir, vous trouvent sourds et
aveugles à ce point que je sois obligé de combattre
sous vos yeux corps à corps contre des scélérats
dont les crimes vous sont connus ?

66. Voulez-vous connaître et entendre la cause

de cet étrange état de choses? Je vais vous la révéler, vous priant de ne pas m'en vouloir, si je
vous dis la vérité. Philippe, qui n'a qu'un corps
et qu'une âme, aime de tout cœur ceux qui le
servent, comme il déteste ceux qui lui sont opposés. Au lieu que vous, vous ne vous persuadez
pas que celui qui sert la République vous sert chacun en particulier, ni que vous êtes lésés par celui
qui la trahit. Vous avez chacun en vue des intérêts particuliers qui vous entraînent bien souvent :
la compassion, la jalousie, la colère, la faiblesse
de céder aux sollicitations et mille autres. Et
quand même on échapperait à tout le reste, on
ne pourrait échapper cependant aux traits de malignité de tant d'hommes pervers qui ne peuvent
supporter le citoyen intègre. Les fautes qui nais-
sent successivement de ces désordres, se multi-
plient peu à peu, et viennent enfin fondre toutes
ensemble sur la République. Ne souffrez aujour-
d'hui rien de semblable, Athéniens, et ne renvoyez
pas absous celui qui vous a causé de si grands
maux. Car, que dira-t-on de vous, si vous l'acquittez? La ville d'Athènes, dira-t-on, a député
vers Philippe Philocrate, Eschine, Phrynon,
Démosthène. Celui-ci, loin de tirer profit de son
ambassade, a racheté à ses frais des prisonniers;
celui-là, après avoir vendu sa patrie, s'est servi
du prix de sa trahison pour se procurer des cour-

tisanes et des poissons. Un député, c'est le misérable Phrynon, a envoyé à Philippe son fils encore
adolescent. L'un n'a rien fait qui ne fût digne de
la République et de lui-même : après avoir rempli
la charge de chorège et équipé des vaisseaux, il
a cru de son devoir de faire d'autres dépenses,
de racheter des prisonniers et de ne laisser dans
le malheur aucun de ses concitoyens indigents.
L'autre, bien loin de délivrer un captif, a fourni à
Philippe les moyens d'asservir une province tout
entière, et de faire prisonniers plus de dix mille
hommes d'infanterie, et plus de mille hommes
de cavalerie, du nombre de nos alliés.

Eh bien, qu'en est-il arrivé? Les Athéniens les
ont traduits en justice, car ils étaient depuis
longtemps instruits de leurs crimes. Eh bien?
— ces hommes qui avaient reçu de l'or et des
présents, qui avaient couvert de honte eux,
la République, leurs enfants, ils les ont absous, ils ont cru qu'ils ont agi fort sensément,
et que la République s'en trouverait bien. Et
comment ont-ils jugé l'accusateur? Comme un
insensé qui ne connaissait pas l'esprit de la République, et qui ne savait où jeter son argent. Et
qui donc, Athéniens, voudra encore, après de
tels exemples, se montrer fidèle? Qui voudra aller
en ambassade avec des vues désintéressées, si
vous ne témoignez pas plus d'estime à celui qui ne

veut rien recevoir, qu'à ceux qui ont reçu? Ce
n'est donc pas un jugement que vous allez porter
aujourd'hui ; c'est plutôt une loi qui décidera à
jamais, si dans une ambassade il vaut mieux se
vendre honteusement à l'ennemi, que se dévouer
gratuitement à vos intérèts. Sur toutes ces choses,
vous n'avez besoin d'aucun témoin, produisez
seulement les témoins qui attestent que Phrynon
a envoyé son fils à Philippe.

TÉMOINS.

Eschine n'a pas poursuivi Phrynon pour avoir
sacrifié l'honneur de son fils : mais si un jeune
homme distingué par sa figure, vit avec peu de réserve, sans prévoir les soupçons que sa beauté peut
faire naître, Eschine l'attaque comme immoral.

67. Je vais vous parler maintenant de l'invitation qui leur fut faite, et du décret porté à cet
égard. Car j'aurais presque oublié ce qu'il m'importe le plus de vous dire. Au retour de la première ambassade, je fis un décret et je le portai
dans l'assemblée du peuple où vous deviez délibérer sur la paix ; or, comme alors on n'avait
encore révélé aucun crime, et qu'il n'en était pas
même question, j'ai fait, suivant la coutume,
l'éloge des députés, et je les ai invités au prytanée. Je conviens même d'avoir reçu chez moi
les envoyés de Philippe et de les avoir traités

magnifiquement. Car, ayant remarqué que ces brillantes réceptions faites dans leur pays leur attiraient de la considération, je crus devoir les surpasser sous ce rapport, et me montrer plus magnifique encore. Eschine dira donc tout à l'heure : *Il a fait lui-même notre éloge, et il a reçu les députés de Philippe.* Mais il ne dira pas à quelle époque. C'était avant que la République eût souffert aucun préjudice, et que la corruption de ces hommes eût été révélée au jour ; c'était au moment où les députés venaient de la première ambassade dont ils avaient à rendre compte au peuple ; alors qu'on ignorait encore que Philocrate dût rédiger un tel décret et avoir Eschine pour appui. Si donc il vous tient ce langage, rappelez-vous l'époque qui est antérieure à ses prévarications. Je n'ai eu depuis avec eux aucune liaison, aucun commerce. Lisez les dépositions.

DÉPOSITIONS.

68. Philocharès et Aphobète, ses frères, viendront peut-être prendre sa défense. Vous avez bien des raisons solides à leur opposer. Mais, Athéniens, il est nécessaire de leur parler franchement sans rien dissimuler. Nous savons, Philocharès, que ton métier était de peindre des armoires et des tambours, et que tes frères, Eschine et Aphobète, étaient des copistes et des

gens du commun. Ceci, sans doute, n'est pas un
crime, mais ce n'est pas non plus un titre au
grade de général. Néanmoins nous vous avons
honorés de la dignité de députés, de général; nous
vous avons élevés aux plus hauts emplois de la
République. Ainsi, lors même qu'aucun de vous
n'aurait prévariqué, nous ne vous devrions aucune
reconnaissance ; mais vous nous en devriez pour
avoir été comblés d'honneurs, préférablement à
tant d'autres qui en étaient beaucoup plus dignes.
Mais si dans ces fonctions dont vous avez été
honorés, quelqu'un de vous a prévariqué et à un
tel point, combien n'êtes-vous pas plus dignes de
notre haine que de notre indulgence? Quant à
moi, j'en suis bien convaincu. Ils emploieront
peut-être tous leurs efforts, et avec cette voix
retentissante et ce front qui ne rougit de rien,
ils feront valoir cette raison, qu'il est pardonnable
d'assister un frère. Ne vous laissez pas ébranler,
et pensez que s'il leur est permis de prendre la
défense d'un frère, vous devez prendre aussi celle
des lois, de la République et surtout de la religion
du serment que vous avez prêté en vous asseyant
à ce tribunal. S'ils vous prient d'absoudre leur
frère ; demandez-leur si c'est comme innocent ou
comme coupable. S'il est innocent, je dis aussi
qu'il faut l'absoudre. Mais s'ils sollicitent son
acquittement malgré sa culpabilité, alors ils de-

mandent que vous soyez parjures. Car votre suffrage, quelque secret qu'il soit, sera connu des
dieux. Aussi le législateur a montré beaucoup de
sagesse en ordonnant le suffrage secret, et pourquoi? parce que par ce moyen personne ne connaît le juge qui lui a été favorable, mais les
dieux savent quel est le parjure. Or, il vaut
mieux prononcer selon la justice, et attirer sur
soi et sur ses enfants les bénédictions du ciel, que
d'accorder une faveur secrète à des solliciteurs,
et d'absoudre un homme qui a rendu témoignage
contre lui-même.

69. Et que pourrais-je alléguer de plus fort
pour prouver tes prévarications, que ton propre
témoignage? Car en perdant un citoyen que tu
croyais disposé à faire quelques révélations sur
ton ambassade, tu montrais évidemment la crainte
d'être découvert et de subir le châtiment dû à tes
crimes. Ainsi donc, Athéniens, si vous voulez
user de votre jugement, son accusation se tour-
nera contre lui, non-seulement parce qu'elle est
une preuve évidente de ses crimes, mais parce
qu'en accusant, il a proféré des paroles qui doivent
retomber sur lui. Certes les raisons que tu as fait
valoir en poursuivant Timarque, on peut les ré-
torquer avec autant de force contre toi-même. Il a
dit aux juges : Démosthène prendra sa défense et
attaquera mon ambassade. Et s'il parvient à vous

séduire par ses paroles, il s'en ira triomphant et
disant partout : Comment? quoi! En faisant perdre
de vue la question, je suis sorti vainqueur. Mais
toi, Eschine, ne fais pas de même ; justifie-toi sur
les points dont tu es accusé. — En poursuivant
Timarque, tu pouvais l'incriminer et dire tout ce
que tu voulais ; tu as même cité devant les juges,
à défaut de témoins, quelques vers d'Hésiode :

*La renommée, formée par la voix même des
peuples, ne saurait périr ; c'est une déesse, elle
est immortelle.*

Mais, Eschine, puisque tous s'accordent à dire
que tu as reçu de l'argent, ne peut-on pas t'ap-
pliquer ces paroles : La renommée, formée par
la voix des peuples, ne saurait périr. Comme
tu es accusé par un plus grand nombre que ne
l'était Timarque, vois quelle preuve tu formes
contre toi. Timarque était à peine connu de ses
voisins ; pour vous, il n'est ni Grec, ni barbare
qui n'ait entendu parler de votre ambassade et
de l'argent que vous y avez reçu. Ainsi, si la
renommée dit vrai, cette maxime vulgaire se
tourne contre toi, Eschine. Or, tu as affirmé que
la renommée ne trompait pas, qu'elle était une
déesse, tu as reconnu la sagesse du poète.

70. Il a encore recueilli d'autres sentences, et
les a reproduites, les voici :

« Quant à celui qui se plaît dans la société des

« méchants, je n'ai pas besoin de demander qui
« il est, sachant qu'il est comme ceux qu'il fré-
« quente. »

En disant ensuite que Timarque fréquentait
les académies de jeux, et se promenait avec Pit-
talacus, il adressa la parole aux Athéniens en ces
termes : ignorez-vous maintenant quel est ce Timarque? Je puis donc me servir, Eschine, des
mêmes vers contre toi, et en les adressant à tes
juges, je ne ferai rien qui ne soit juste et convenable. Celui qui se plaît dans la société de
Philocrate, qui agit de concert avec lui dans
l'ambassade, je n'ai pas besoin de demander qui
il est; je suis sûr qu'il s'est laissé corrompre
comme Philocrate qui en fait l'aveu. Lui qui
traite les autres de copistes et de sophistes, cherchant par-là à les humilier, mérite certainement
toutes ces dénominations. Ces vers sont extraits
du Phénix d'Euripide, drame qui n'a jamais été
représenté ni par Théodore, ni par Aristodème,
sous lesquels Eschine jouait les troisièmes rôles ;
il a été joué par Molon, et quelques autres anciens
acteurs. Mais l'Antigone de Sophocle a souvent
été représentée par Théodore et par Aristodème,
elle renferme d'utiles sentences exprimées en
beaux vers, qu'Eschine a souvent récités, et qu'il
a eu soin de supprimer dans son discours. Car
vous savez sans doute que, dans les représenta-

tions tragiques, on donne aux acteurs du troisième ordre, en récompense, la faveur de jouer les rôles de roi, et de paraître sur la scène avec le sceptre. Or, voyez quel langage prête le poète, dans cette pièce, à Créon-Eschine. Celui-ci ne l'a pas appliqué à son ambassade, il ne l'a pas non plus proféré devant les juges.

Vers de l'*Antigone* de Sophocle.

« Il est difficile de connaître l'âme, la pensée « et les sentiments d'un homme qui n'a pas eu « d'emplois, et qui n'a pas paru en public sous « l'empire des lois. Tout ministre qui, gouvernant « une république où l'on est responsable, ne « donne pas les meilleurs conseils, et dont la « langue est enchaînée par la crainte, a toujours « été regardé comme un très-méchant citoyen. « Celui qui préfère ses amis à sa patrie est un « homme méprisable. Pour moi, j'en atteste Ju- « piter qui voit tout, je ne garderais pas le silence, « si, au lieu du salut, je voyais le malheur s'avancer « vers mes concitoyens, et je ne prendrais pas pour « ami l'ennemi de mon pays, sachant que la patrie « nous conduit au port, et nous met à même de « faire des amis, quand la navigation est heureuse. »

71. Eschine ne s'est appliqué aucune de ces maximes dans le cours de son ambassade. Mais ne trouvant rien de plus grand et de plus utile que

l'amitié de Philippe, il l'a préférée à la patrie, et
a dit un éternel adieu aux vers de Sophocle. Voyant
le malheur qui s'avançait vers la Phocide, bien
loin de vous en prévenir, il le tint caché, favorisa
l'expédition, ôta la parole à ceux qui voulaient
vous en avertir. Il avait oublié sans doute que la
patrie est le port de notre salut, que c'est sur son
sol que sa mère l'a nourri, lui et ses frères, en
initiant, en purifiant, et en recueillant les dons de
ceux qui se servaient de son ministère ; que c'est
dans cette même patrie que son père a vécu,
comme il a pu, en enseignant, comme j'ai appris
des anciens, les premières lettres près du médecin
Héros. Que c'est encore là que lui et ses frères,
servant de copistes à tous les ministères, commirent des prévarications, et que, récemment
élevés au rang de greffiers publics, ils furent
nourris aux frais de l'état. Qu'enfin c'est encore
de cette même patrie qu'Eschine a été envoyé en
ambassade. Mais il n'a tenu compte d'aucune de
ces considérations : au lieu de prendre des mesures pour lui procurer une heureuse navigation,
il l'a renversée, il l'a plongée dans l'abîme, et a
tout fait pour la livrer à l'ennemi. N'es-tu donc
pas un sophiste, un méchant, n'es-tu pas un vil
copiste, un homme haï des dieux, toi qui as passé
sous silence des maximes que tu savais pour les
avoir déclamées souvent au théâtre, et qui, pour

perdre un citoyen, en as cité d'autres qui ne se
trouvent pas dans tes rôles?

72. Mais considérez ce qu'il a avancé au sujet de
Solon : Voulant censurer et condamner, répri-
mander les emportements de Timarque, il nous
disait que Solon, représenté la main dans son manteau, donnait une idée de la sagesse des orateurs
d'alors. Or les habitants de Salamine prétendent
que cette statue n'a pas plus de cinquante ans,
tandis que depuis Solon jusqu'à nous, il y en a deux
cent-quarante. Ainsi le statuaire qui a représenté
Solon de cette manière, ne pouvait l'avoir vu;
son ayeul même ne vivait pas encore. Voilà cependant ce qu'Eschine a représenté aux juges, de
la voix et du geste; mais ce qui était bien plus
avantageux à la République que cette attitude,
c'était l'esprit et l'âme de Solon, Eschine n'a pas
imité ce modèle, il a fait tout le contraire. En
effet, Solon, après la défection de Salamine,
lorsque la peine de mort eut été décrétée contre
ceux qui proposeraient de la reconquérir, chanta,
sans s'arrêter à l'idée du danger, une élégie qu'il
avait composée, rendit par là Salamine à sa patrie,
et effaça l'opprobre dont elle s'était couverte. Mais
Eschine a vendu et livré Amphipolis, ville que
le Roi et tous les Grecs avaient toujours reconnue
comme votre propriété, il a appuyé le décret de
Philocrate qui la donnait à Philippe. Ce trait était

digne de son caractère, c'était bien à lui de citer l'exemple de Solon. Mais ce n'est pas seulement ici qu'il s'est conduit ainsi : arrivé en Macédoine, il n'a pas même prononcé le nom de la ville d'Amphipolis, qui faisait le sujet principal de sa mission : c'est ce qu'il a avoué à son retour. Car vous vous souvenez de lui avoir entendu dire qu'il aurait pu parler d'Amphipolis; mais qu'il n'en a rien dit, parce qu'il voulait laisser ce sujet à Démosthène. Je pris aussitôt la parole, et dis qu'Eschine ne m'avait pas laissé le soin de dire à Philippe ce qu'il voulait dire lui-même (car il aurait plutôt donné son sang que de céder la parole à quelqu'un), mais qu'il avait pensé ne devoir pas contrarier Philippe sur un sujet pour lequel il avait reçu de l'argent. Prenez, et lisez-moi l'élégie de Solon, afin que vous sachiez que Solon détestait des hommes tels qu'Eschine. Ce n'est pas en parlant, Eschine, qu'il faut tenir la main cachée; mais c'est en remplissant les fonctions de député. Mais toi, après l'avoir tendue en Macédoine, et avoir déshonoré tes collègues, tu viens nous faire de beaux discours; toutefois ne crois pas échapper aux peines dues à tant de crimes, par la raison que tu as étudié et déclamé pompeusement quelques malheureuses sentences; et qu'avec un geste théâtral, tu fais le tour de la place publique, en vomissant des injures contre moi. Lisez les vers.

ÉLÉGIE DE SOLON.

« Notre cité, soutenue par la volonté de Jupiter
« et celle des autres dieux, ne périra jamais. La
« courageuse, la vigilante, la sage Minerve, fille
« de Jupiter, a les mains étendues sur elle. Mais
« ses propres citoyens, séduits par l'appât du
« gain, veulent la ruiner par leur folie. Le mau-
« vais esprit de leurs chefs attire de grandes cala-
« mités. Car ils ne savent pas mettre un frein à
« leurs désirs, ni jouir tranquillement des dou-
« ceurs d'un repas. Ils sont tourmentés par la soif
« de l'or, ils déshonorent les festins par leurs
« excès, s'enrichissent par l'injustice, n'épargnent
« ni les temples des dieux, ni les trésors de l'état.
« Après ce pillage, chacun vole de son côté. Ils ne
« gardent plus les règles de la justice divine.
« Cette justice, se rappelant le passé, et voyant
« le présent, garde un morne silence, mais tôt
« ou tard elle arrive pour exercer sa vengeance.
« Tout à coup une cité florissante est accablée de
« maux inévitables : elle est réduite en esclavage,
« ou déchirée par une sédition. Bientôt la guerre
« sonne l'alarme, et moissonne l'élite de la jeu-
« nesse. Car une ville qui est livrée aux déchire-
« ments politiques, devient la proie de l'ennemi.
« Tels sont les maux que la justice fait pleuvoir
« sur les peuples infidèles. Les pauvres sont ven-

« dus, chargés de chaînes, et conduits dans une
« terre étrangère. Le malheur public atteint aussi
« la maison des riches; les portes de leurs su-
« perbes palais ne peuvent l'arrêter. Le malheur
« franchit les murs, et va frapper chaque indi-
« vidu, qu'il se cache dans un coin obscur ou
« dans une chambre secrète. Voilà ce que mon
« cœur m'a dicté pour les Athéniens : j'ai voulu
« leur montrer les suites funestes d'une mauvaise
« législation. Les bonnes lois établissent un ordre
« parfait : elles mettent des entraves aux pieds
« des méchants, aplanissent ce qui est raboteux,
« répriment la cupidité et l'insolence, dessèchent
« les racines de l'injure, redressent les voies tor-
« tueuses, domptent l'orgueil, étouffent les divi-
« sions, calment les ressentiments. Enfin, sous
« une bonne législation, tout est dans l'ordre et
« selon la raison. »

73. Vous entendez, Athéniens, ce que dit Solon
de pareils hommes, et des dieux qui protègent la
patrie. Quant à moi, je crois qu'il sera toujours
vrai de dire que les dieux veillent sur nous; et
même je vois dans cette poursuite une marque
évidente de leur protection. En effet, considérez
bien ceci : un homme a commis de grandes mal-
versations dans son ambassade, il a livré des pays
où les dieux devaient être honorés par nous et par
nos alliés. Il a fait déclarer infâme un homme qui

osait se présenter comme son accusateur. Pourquoi? Afin qu'il n'y ait de votre part ni pitié ni indulgence pour les crimes d'Eschine. En accusant Timarque, il a cherché à me dénigrer; il m'a même menacé, dans l'assemblée du peuple, de porter une accusation contre moi. Pourquoi? Afin que vous m'écoutiez favorablement, moi qui l'accuse et qui connais tout le détail de ses prévarications que j'ai suivies comme à la piste. Enfin, en évitant toujours de paraître devant les tribunaux, il se trouve accusé dans un temps où les périls qui nous menacent ne permettent pas de l'absoudre, pour peu que nous soyons jaloux de pourvoir à notre sûreté. En effet, Athéniens, s'il faut toujours détester et punir les traîtres et les hommes qui se laissent corrompre, le moment actuel l'exige plus que jamais pour l'utilité commune. Songez, Athéniens, qu'une grande et funeste contagion s'est répandue dans la Grèce, et que nous ne pouvons nous en préserver que par une extrême vigilance et une faveur particulière de la fortune. Les hommes les plus éminents de nos cités, ceux qui sont à la tête des affaires, ont vendu leur liberté, les malheureux! Ils forgent eux-mêmes les fers de la servitude qu'ils déguisent sous de beaux noms, en l'appelant amitié, intimité avec Philippe. Le peuple et les magistrats, quelle que soit leur dénomination dans chacune des cités, au lieu de les punir et de les exterminer sur le champ, comme ils le devraient, les admirent, les prônent et envient leur sort.

74. Cette contagion de l'envie, Athéniens, a déjà fait perdre aux Thessaliens la dignité et l'indépendance dont ils jouissaient hier encore, aujourd'hui elle vient de leur enlever la liberté même : car les troupes macédoniennes occupent leurs citadelles. Cette même maladie a pénétré dans le Péloponèse, a causé le carnage d'Elide, et inspiré aux malheureux habitants de cette ville une frénésie criminelle, à tel point que, pour commander aux autres, et pour plaire à Philippe, ils ont trempé leurs mains dans le sang de leurs proches et de leurs concitoyens. Le mal ne s'est pas arrêté là, il est entré dans l'Arcadie et l'a bouleversée de fond en comble. Et les Arcadiens qui, comme vous, devaient avoir un si grand attachement à la liberté, puisque seuls des Grecs ils sont comme vous les enfants de la terre qu'ils habitent, ces Arcadiens, dis-je, sont émerveillés de Philippe ; ils lui dressent des statues, lui décernent des couronnes ; ils viennent même de décider qu'ils le recevraient dans leur ville, s'il venait dans le Péloponèse. Les Argiens ont pris la même décision. Voilà, Athéniens, s'il faut parler sérieusement, voilà, par Cérès ! ce qui demande une extrême circonspection. La contagion, après

avoir fait ses ravages autour de nous, s'est enfin
établie dans nos murs. Ainsi, pendant que vous
êtes encore en sûreté, tenez-vous sur vos gardes,
et sévissez contre ceux qui l'ont introduite.
Sinon, craignez de ne reconnaître la justesse de
mes prévisions que quand vous ne saurez plus
que faire.

75. Ne voyez-vous pas quel exemple frappant
et terrible nous ont fourni les Olynthiens? Les
malheureux, c'est encore la même cause qui les a
perdus. Vous pourrez en juger par leur histoire.
Avant la ligue chalcidienne, ils n'avaient que
quatre cents cavaliers, toute leur armée ne mon-
tait qu'à cinq mille hommes. Les Lacédémoniens
vinrent les attaquer avec une nombreuse armée
et de grandes forces navales : car vous savez tous,
qu'à cette époque les Lacédémoniens étaient,
pour ainsi dire, maîtres sur terre et sur mer.
Cependant les Olynthiens ne perdirent ni leur
ville, ni aucune de leurs citadelles. Ils rempor-
tèrent au contraire plusieurs victoires, tuèrent
trois généraux ennemis, et terminèrent enfin la
guerre au gré de leurs désirs. Mais, du moment
que quelques citoyens se laissaient corrompre, et
que le peuple leur donnait plus de confiance
qu'aux défenseurs de la patrie; du moment que
Lasthène recouvrait sa maison du bois venu de la
Macédoine, qu'Euthycrate nourrissait des bœufs

qu'il n'avait point achetés, que l'un revenait avec
des troupeaux de brebis, l'autre avec de superbes
coursiers, et que le peuple aux dépens duquel on
s'enrichissait, loin de s'irriter et de demander la
punition des traîtres, les admirait, leur portait
envie, les estimait, les réputant hommes de cœur ;
du moment, dis-je, que les choses en étaient
venues à ce point, et que la corruption avait
prévalu, rien ne pouvait plus les sauver, ni leur
armée composée de plus de mille chevaux et dix
mille combattants, appuyés de tous les peuples
voisins, ni le secours que vous leur avez envoyé,
et qui consistait en dix mille soldats étrangers, en
quatre mille citoyens et en cinquante vaisseaux.
En moins d'un an, les traîtres avaient perdu
toutes les places de la Chalcidie. Philippe ne savait
plus ni comment répondre à toutes les offres, ni
quelle place prendre la première. Les chefs eux-
mêmes lui livrèrent à la fois cinq cents hommes
de cavalerie avec leurs armes, chose inouie jusqu'alors. Ils osèrent commettre ces crimes à la
face du soleil, sans respect ni pour le sol de la
patrie qu'ils foulaient, ni pour les temples, ni
pour les tombeaux, sans s'inquiéter de l'infamie
qui ne pouvait manquer de s'attacher à de pareils
actes : tant la corruption, Athéniens, inspire de
fureur et d'aveuglement. Vous, au moins, soyez
plus sages, et ne permettez pas de pareilles choses

parmi vous. Il serait en effet bien étrange, qu'après
avoir porté un décret si sévère contre les traîtres
d'Olynthe, vous ne voulussiez pas punir ceux qui
se sont attaqués à vous-mêmes. Lisez-moi ce
décret.

DÉCRET.

Voilà des mesures sages et sévères que vous avez
prises contre les traîtres, ennemis des dieux, aux
applaudissements de tous les Grecs et de tous les
barbares. Puis donc que les présents préparent à
la trahison, et que plusieurs n'en reçoivent que
dans le dessein de trahir, chaque fois, Athéniens,
que vous verrez un homme en recevoir, regar-
dez-le comme traître à la patrie. Car si celui-ci
livre des moments précieux, celui-là des affaires,
un autre des corps d'armée, et, pour dire tout en
un mot, si chacun perd ce qui lui est confié (1),
ils doivent être tous l'objet de la même indignation.

76. De tous les Grecs, Athéniens, vous avez
seuls l'avantage d'avoir des exemples domestiques
et des modèles à imiter, modèles qui vous sont
fournis par vos ancêtres que vous avez raison
d'exalter. Si vous n'avez pas la guerre dans ce

---

(1) Nous avons suivi ici l'interprétation de Reiske, qui nous
semble bien naturelle. *Quod si hic opportunitates, ille negotia,
tertius milites prodit, et, ut uno verbo complectar, cuicumque
res aliquæ fuerint commissæ, eas utique perdat, omnes demum
istiusmodi pari odio digni esse censeantur.*

moment; s'il vous manque l'occasion de vous distinguer, comme eux, dans des batailles, des expéditions et des dangers, vous pouvez du moins imiter leur sagesse : car la sagesse est de tous les temps, et il ne vous en coûte pas plus d'avoir de nobles sentiments que d'en avoir de bas (1). Ainsi, placés, sous un rapport, dans les mêmes circonstances, si vous prenez des résolutions utiles et convenables, les affaires de la République iront mieux, et vos actions seront dignes de vos ancêtres; mais, si vous agissez différemment, nos affaires iront mal, et nous serons indignes de nos pères. Quels étaient donc leurs sentiments? Prenez, greffier, et lisez : car il faut que vous sachiez, Athéniens, que vos ancêtres punissaient de mort certaines actions que vous regardez d'un œil indifférent. Lisez.

INSCRIPTION.

Vous entendez, Athéniens, l'inscription qui déclare ennemi d'Athènes et de ses alliés, Arthmius, le Zélitain, fils de Pythonax, lui et sa race.

---

(1) Cicéron semble avoir eu sous les yeux ce passage de Démosthène, quand il engage les enfants à suivre l'exemple de leurs pères. *Si non poterit sive causas defensitare, sive populum concionibus tenere, sive bella gerere, illa tamen præstabit quæ erunt in ipsius potestate, justitiam, liberalitatem, fidem, modestiam, temperantiam, quo minus ab eo id, quod desit, requiratur.* (De Offic.)

Pourquoi? Parce qu'il a apporté chez les Grecs l'or des barbares. N'a-t-on pas le droit d'en conclure que vos ancêtres veillaient à ce que personne ne se laissât séduire pour nuire à la Grèce ; mais vous, vous ne prenez aucune mesure pour empêcher les mauvais citoyens de faire du tort à la République. Et encore, est-ce au hasard qu'on a placé cette inscription? Non, on l'a placée dans notre citadelle, dans un lieu vaste et consacré aux dieux, à la droite de la statue de Minerve, que les Athéniens avaient fait élever, aux frais des autres Grecs, pour éterniser le souvenir de la victoire remportée sur les barbares. On avait alors un tel respect pour la justice, et un tel empressement à punir les traîtres, qu'on croyait devoir réunir dans un même lieu, et la statue de la déesse qui attestait notre victoire, et la colonne qui montrait les peines infligées aux coupables. Aujourd'hui donc, dérision, danger de l'impunité, honte, voilà ce qui vous attend, si vous ne réprimez pas aujourd'hui les excès qui vous sont signalés.

77. Je crois, Athéniens, que vous feriez bien de suivre l'exemple de vos ancêtres, non dans un seul point, mais en tout ce qu'ils ont fait. Eh bien! ces ancêtres, comme vous l'avez entendu dire, faillirent condamner à mort Callias, fils d'Hipponique, pour avoir reçu de l'argent dans

l'ambassade où il conclut cette paix si célèbre qui
défendait au roi de Perse d'approcher de la mer
à une journée de chemin, et de naviguer avec un
gros vaisseau entre les îles Cyanées et Chelido-
niennes ; du moins, quand il rendit ses comptes,
ils lui imposèrent une amende de cinquante talents. Cependant la République n'a jamais fait, ni
avant, ni après, une paix aussi honorable. Mais
ils n'avaient point égard à cela : ils en attribuaient
le mérite à leur courage et à la gloire de la République ; et dans l'action d'accepter ou non des
présents dans le cours des négociations, ils voyaient
le caractère intègre ou non du député. Ils voulaient donc que l'homme public fût loyal et incorruptible. Ils regardaient une infidélité de ce
génre comme tellement odieuse et nuisible à
l'état, qu'ils ne voulaient plus souffrir le coupable
dans les affaires, ni lui laisser le rang de citoyen.
Et vous, Athéniens, vous qui voyez une paix
qui, en renversant les murs de nos alliés, a élevé,
pour nos députés, de magnifiques palais ; une paix
qui, en nous dépouillant de nos possessions, a
enrichi ces hommes au-delà de ce qu'ils eussent
pu espérer même en songe ; vous ne les exter-
minez pas, vous avez besoin d'un accusateur, et
il faut vous prouver par la parole des forfaits que
vous avez tous devant les yeux. Mais les exemples
anciens ne sont pas les seuls qu'on puisse vous

citer pour vous porter à la rigueur : de nos jours
et sous des hommes qui vivent encore, plusieurs
traîtres ont été punis. Et pour ne pas entrer dans
de trop longs détails, je ne vous parlerai que de
deux ou trois députés punis de mort, bien que
leurs prévarications fussent très-loin de celles
d'Eschine. Prenez le décret, et lisez.

DÉCRET.

D'après ce décret, Athéniens, vous avez condamné à mort les députés parmi lesquels figurait
Epicrate, un homme zélé, comme je l'ai entendu
dire aux plus âgés d'entre nous, citoyen utile à la
République, un de ceux qui avaient ramené le
peuple du Pirée, et qui était d'ailleurs sincère
partisan de la démocratie. Mais aucune de ces
considérations ne put le sauver. La justice s'y
opposait. Car l'homme qui est chargé de si importantes affaires, ne doit pas être intègre à demi;
il ne doit pas se faire de votre confiance une arme
contre vous-mêmes; en un mot, il ne doit vous
nuire volontairement en rien.

78. S'il est un de ces crimes pour lesquels les
députés dont je viens de parler ont été condamnés
à mort, que n'aient pas commis les nôtres, ôtez-
moi la vie à l'instant. Réfléchissez-y bien : *Attendu,*
dit la sentence, *que les députés ont agi contre la
commission et contre le décret.* Voilà le premier

grief. Or, nos députés n'ont-ils pas agi contre leur
commission? Le décret n'ordonne-t-il pas de comprendre dans le traité de paix les Athéniens et
leurs alliés; et les Phocéens n'en ont-ils pas été
exclus ? Le décret ne prescrit-il pas de recevoir
les serments de tous les chefs des villes ; et nos
députés ne se sont-ils pas contentés du serment de
ceux que Philippe avait envoyés? Le décret ne
défend-il pas toute conférence privée avec Philippe ; et ceux-ci ont-ils cessé de le voir en particulier? *Attendu, dit encore le décret, que quelques-uns d'entre eux ont été convaincus d'avoir
fait de faux rapports au sénat.* Or, ceux-ci
n'ont-ils pas fait de faux rapports au peuple ? Et
quelle en est la preuve? Elle est bien évidente,
puisqu'elle résulte des faits mêmes. Car il est
arrivé tout le contraire de ce qu'ils avaient annoncé. *Attendu,* continue le décret, *qu'ils nous
ont écrit des faussetés.* Et ceux-ci n'ont-ils pas
fait de même? *Attendu qu'ils ont trompé nos
alliés et qu'ils ont reçu des présents.* Ceux-ci ont
fait quelque chose de bien plus grave : non-seulement ils ont trompé nos alliés ; mais ils les ont
entièrement perdus. Pour ce qui concerne les
présents, s'ils niaient en avoir reçu, il faudrait
les en convaincre ; mais comme ils l'avouent, il
ne reste qu'à les envoyer au supplice.

79. Vous donc, Athéniens, vous les enfants

de ceux qui portèrent cette sentence, et dont
quelques-uns sont encore vivants, vous aurez mis
à mort un Epicrate, ce bienfaiteur du peuple
ramené par lui du Pirée ; vous aurez tout récemment condamné à une amende de dix talents,
Thrasybule, fils de ce Thrasybule qui a ramené le
peuple de Phyle, un descendant d'Harmodius et
d'Aristogiton, vos plus grands bienfaiteurs, que,
par une loi, vous avez fait participer à nos libations dans tous nos temples et nos sacrifices ; que
vous chantez et honorez à l'égal des héros et des
dieux ; vous aurez permis que les lois fissent justice de tous ces citoyens, sans que la pitié, ni
l'indulgence, ni leur nom, ni les larmes de leurs
enfants, rien enfin, ait pu vous toucher ; et le fils
de cet Atromète enseignant les premières lettres,
et de cette Glaucothée conduisant des troupes de
Bacchantes, se livrant à des actes pour lesquels
une autre femme avait été précédemment punie
de mort, cet homme, né de tels parents, qui n'a
jamais rendu le moindre service à la République,
ni lui, ni son père, ni aucun des siens, vous le
renverrez absous ? Car où sont leurs chevaux,
leurs trirèmes ? Dans quelle expédition, dans
quelle chorégie, dans quel chœur, dans quelle
charge ont-ils figuré ? Où sont leurs contributions,
les preuves de leur bienveillance, les dangers
qu'ils ont courus ? En un mot, qu'ont-ils jamais

fait pour la République? Supposez qu'ils eussent
rendu tous ces services : si à ce mérite ne vient
pas se joindre celui de s'être montrés fidèles et dé-
sintéressés dans leur ambassade, il faudrait encore
leur infliger la peine de mort; mais il leur manque
également et ce mérite-ci et ceux-là, et vous ne
les puniriez pas? Ne vous souvenez-vous pas de
ce qu'Eschine a dit dans son accusation contre
Timarque? qu'on ne pouvait rien attendre d'une
ville qui n'a point de nerf contre les coupables,
ni d'une république où l'indulgence et les sollicitations l'emportent sur les lois. Qu'il ne fallait
avoir égard ni au grand âge de la mère de Timarque, ni aux larmes de ses enfants, ni à aucune
autre considération; mais observer que, si vous
laissez violer les lois et ruiner le gouvernement,
vous ne trouverez plus personne qui ait pitié de
vous-mêmes. On infligea donc la peine infamante
à ce malheureux dont le crime était de connaître
les prévarications d'Eschine. Et vous renverriez
celui-ci absous? Pourquoi le feriez-vous? Car si
Eschine a cru dignes d'une telle peine des citoyens
qui n'avaient péché que contre eux-mêmes, quelle
peine ne doivent donc pas infliger les juges qui
sont liés par la foi du serment à ceux qui ont
commis contre la République des crimes comme
ceux dont Eschine est convaincu? Par Jupiter!
dit Eschine, le jugement de Timarque sera une

bonne leçon pour les jeunes gens ; mais celui que
vous porterez contre Eschine, réformera les ad-
ministrateurs, qui font courir à la République les
plus grands dangers ; et vous devez aussi vous
occuper d'eux.

80. Mais si Eschine a perdu Timarque, certes
ce ne fut pas dans l'intention de donner une
leçon à vos enfants. Non, Athéniens, ils sont
sages sans lui. Ah ! puisse notre ville ne tomber
jamais dans un tel état qu'elle ait besoin de ré-
formateurs comme Aphobète et Eschine. Eschine
a perdu Timarque parce que celui-ci avait proposé,
comme sénateur, un décret en vertu duquel on
devait punir de mort celui qui serait convaincu
d'avoir fourni à Philippe des armes ou des agrès
de vaisseau. En voici la preuve. Pendant combien
de temps Timarque parla-t-il devant le peuple ?
Pendant longtemps, sans doute ; cependant Eschine, qui pendant tout ce temps prenait part
aux affaires de la République, ne trouvait jamais
mauvais qu'un homme tel que Timarque montât
à la tribune. Il n'y a trouvé à redire qu'au retour
de son ambassade, après s'être vendu. Prenez et
lisez-moi le décret de Timarque.

DÉCRET.

Ainsi, celui qui a défendu sous peine de mort
de fournir des armes à Philippe, a péri diffamé ;

et celui qui lui avait livré les armes de nos alliés jouait le rôle d'accusateur, et faisait de longs discours sur le désordre des mœurs, et cela, ô ciel et terre! devant deux de ses beaux-frères qui ne peuvent se montrer sans exciter des clameurs, devant cet infâme Nicias qui s'est vendu à Chabrias en Egypte, devant cet abominable Cerybion qui a paru sans masque et sans pudeur dans les fêtes bacchanales; mais ce n'est rien encore : devant son frère Aphobète. Des torrents de paroles coulaient en ce jour sur l'immoralité.

81. Mais je vais, mettant de côté tout le reste, et, vous parlant de ce que vous connaissez bien tous, vous dire de quel opprobre il a flétri la République par sa perversité et ses impostures. Autrefois, Athéniens, les Grecs s'enquéraient diligemment de ce qui avait été résolu chez vous. Aujourd'hui nous faisons le tour de la place publique pour savoir ce que les autres ont décidé. Quelles mesures prennent les Arcadiens, les Amphictyons? Où va Philippe, vit-il ou est-il mort? Ne sont-ce pas là nos occupations? L'objet de mes appréhensions à moi, ce n'est pas que Philippe soit vivant, je crains seulement que la haine et la justice exemplaire qu'on doit aux traîtres ne meurent parmi vous. Philippe n'est point redoutable à mes yeux tant que vous voudrez user de votre jugement : mais il le sera du moment que vous

accorderez l'impunité à ses salariés, et que vous laisserez leur défense à ceux en qui vous avez placé votre confiance, et qui ont toujours nié avoir agi dans l'intérêt de Philippe. Voilà le sujet de mes inquiétudes. Comment donc, Eubulus? Appelé à défendre Egésile ton parent, et tout récemment Thrasybule, fils de Nicérate, ton oncle, tu ne voulus rien dire en leur faveur, et quand il s'est agi de déterminer la peine, tu n'as ouvert la bouche que pour t'excuser près des juges. Ainsi, après avoir refusé de monter à la tribune pour soutenir tes proches et tes amis, tu y monterais pour défendre Eschine, pour défendre cet homme qui, dans l'accusation d'Aristophon contre Philonique, accusation qui était une critique amère de tous tes actes, s'est réuni à l'accusateur, et s'est déclaré l'un de tes ennemis. Toi donc, qui alors, pour effrayer les Athéniens, es monté à la tribune pour nous dire qu'il fallait courir au Pirée, lever des contributions, prendre, pour la solde de l'armée, les fonds distribués au théâtre, ou se ranger à l'avis d'Eschine, formulé par l'odieux Philocrate, avis auquel nous devons une paix honteuse au lieu d'une paix honorable; comment, après tant d'iniquités qui ont tout perdu, t'es-tu réconcilié avec eux? Quoi! tu accuses publiquement Philippe, tu jures, sur la tête de tes enfants, que c'est fait de lui si le peuple le veut bien, et tu viens soutenir

Eschine! Comment Philippe périra-t-il, si tu défends ses salariés? Eh quoi! tu as poursuivi Myroclée pour avoir exigé vingt drachmes de ceux qui avaient acheté la ferme des mines; tu as accusé de sacrilége Céphisophon pour avoir apporté sept mines au trésor trois jours trop tard! et ceux qui sont chargés de l'or de Philippe, ceux qui par les faits mêmes sont convaincus de l'avoir reçu pour la ruine de nos alliés, et qui d'ailleurs en conviennent, tu ne les poursuivras pas! tu demanderas qu'ils soient acquittés!

82. Voilà, Eubulus, ce qui était vraiment effrayant, et voilà ce qui demandait beaucoup de prudence et de circonspection. Quant à l'accusation que tu portais, on va juger de son ridicule. Il y avait dans l'Elide des citoyens qui volaient le trésor, et cela ne doit pas nous étonner. Ont-ils participé au renversement de la démocratie? Non. Quoi donc! Quand Olynthe était encore debout, il y avait aussi de pareils citoyens, du moins je le crois, est-ce par eux que la ville d'Olynthe a été détruite? Non. Comment donc? Croyez-vous que la ville de Mégares n'ait pas eu aussi des voleurs qui détournaient à leur profit les deniers du trésor? Elle en a eu nécessairement. Y en a-t-il un qui ait causé le malheur actuel de cette ville? Non, aucun. Quels sont donc les auteurs de ces épouvantables catastrophes? Ceux qui se faisaient

un honneur d'être appelés les hôtes et les amis de Philippe ; ceux qui, honorés du commandement de l'armée, et placés à la tête des affaires, se croyaient pour cela bien au dessus du peuple. Périlaus à Mégares, n'a-t-il pas été accusé devant le conseil des trois cents de s'être rendu près de Philippe ? Ptéodore, le citoyen le plus distingué par sa naissance, ses richesses et la gloire de son nom, n'a-t-il pas demandé sa grâce, ne l'a-t-il pas rendu à Philippe ? Bientôt après, Périlaus revint avec des troupes étrangères, tandis que son protecteur faisait mouvoir ses ressorts dans l'intérieur de la ville. Il n'y a rien, non, il n'y a rien dont il ne faille plus se garder, que de laisser un citoyen s'élever au-dessus du peuple. Qu'on ne donne à personne le droit de condamner ou d'absoudre arbitrairement. Que chacun soit jugé selon ses œuvres ; acquitté, s'il en est digne ; et condamné, s'il est coupable comme Eschine (1). Car telles sont les exigences d'un gouvernement démocratique.

83. Notre République compte divers hommes qui sont devenus puissants avec le temps, comme

---

(1) Τοὐναντίον, τούτω..... Les meilleurs interprètes prétendent que τούτω se rapporte à Eschine, et que tel est le sens de la phrase : *Neminem alicujus gratia vel eripiat vel pessundet. Unusquisque autem vel ex rebus gestis servetur, vel, si ita res tulerit, condemnetur, ut hicce Æschines.* TAYLOR.

un Callistrate, un Aristophon, un Diophante, et
d'autres plus anciens. Mais où chacun d'eux a-t-il
primé? Dans les assemblées du peuple. Quant
aux tribunaux, jamais, jusqu'à ce jour, jamais
personne ne s'est mis au-dessus de vous, au-dessus
des lois, au-dessus des serments. Ne souffrez donc
pas cette audace dans Eubulus. Et pour que vous
vous teniez en garde contre cette prépondérance,
plutôt que de vous fier à ces hommes, je vais vous
lire un oracle des dieux, qui font toujours beaucoup plus pour le salut de notre ville que ceux
qui la gouvernent. Lisez l'oracle.

ORACLE.

Vous entendez, Athéniens, les avertissements
des dieux. Si c'est en temps de guerre qu'ils
vous les ont donnés, ils vous recommandent de
vous défier de vos généraux; car ceux-ci sont
alors vos chefs : si c'est en temps de paix, c'est
envers vos gouvernants qu'ils vous conseillent la
défiance : car ceux-ci sont alors vos guides, c'est
à eux que vous obéissez, et c'est aussi de leur
part que vous avez à craindre d'être trompés. De
plus, l'oracle nous recommande de nous réunir
tous dans un même esprit, et de ne rien faire qui
puisse réjouir l'ennemi. Croyez-vous donc, Athéniens, que Philippe ait plus de plaisir à voir
Eschine condamné qu'à le voir absous? Il aimera

mieux le voir acquitté. L'oracle déclare qu'il faut toujours faire en sorte d'éviter ce qui pourrait être, pour l'ennemi, un sujet de joie ; il nous exhorte donc, de par tous les dieux, à punir d'un commun accord ceux qui ont servi l'ennemi. Au dehors des embûches, au dedans des traîtres pour les faire réussir. Prodiguer l'or, c'est l'affaire des premiers ; le recevoir et se justifier, voilà la tâche de ceux qui se laissent corrompre.

84. Le simple raisonnement, nous découvre également qu'il n'y a rien de plus funeste, rien de plus formidable que la liaison des chefs avec les ennemis du peuple. Car vous voyez par quel moyen Philippe est devenu maître de tout, et a exécuté les plus grandes entreprises. Ce fut en répandant de l'or, en corrompant les chefs de diverses républiques, et en leur procurant des honneurs. Vous rendrez ces moyens inutiles, du moment que vous ne prêterez plus l'oreille aux orateurs qui veulent défendre les traîtres, que vous leur ôterez tout pouvoir sur vous (car ils se vantent d'être vos maîtres), et que vous ferez un exemple en punissant ceux qui vendent les intérêts de la patrie. Sans doute, Athéniens, vous devez votre indignation à tout homme qui commet de pareils actes, qui trahit vos alliés, vos amis, qui livre les conjonctures, toutes choses qui décident de la fortune des états. Qui donc a plus justement mé--

rité cette indignation qu'Eschine? Celui qui, après
s'être déclaré contre Philippe, après avoir reconnu
le premier et tout seul qu'il était l'ennemi de tous
les Grecs, passe de son côté, lui livre tout, et devient tout-à-coup son plus zélé défenseur, ne s'est-il
pas rendu plusieurs fois digne de mort? Or il en
est ainsi : et Eschine ne saurait le contester; car qui
amena ici cet Iscandre, en le préconisant comme
un des Arcadiens attachés à notre république? Qui
accusa hautement Philippe de tendre des piéges
à la Grèce et au Péloponèse, et vous reprocha de
rester endormis? Qui prononça ici ces beaux et
longs discours, dans lesquels on rapportait le
décret de Miltiade et de Thémistocle et le serment
des jeunes gens dans le temple d'Aglaure? Ne
fut-ce pas Eschine? Qui vous conseilla d'envoyer
des députés presque jusqu'à la Mer Rouge, vu
que la Grèce était menacée par Philippe, et qu'il
fallait prendre des mesures, et ne pas perdre de
vue les intérêts des Hellènes. Ne fut-ce pas Eubulus qui en proposa le décret, et Eschine n'ac-
cepta-t-il pas l'ambassade du Péloponèse? Il le
sait bien, lui, quels discours il prononça quand
il y fut arrivé. Mais vous vous rappelez tous ce
qu'il a dit parmi nous à son retour. Il appelait
Philippe un barbare, un fléau; il nous disait la
joie que ressentiraient les Arcadiens, si la république d'Athènes venait à se réveiller et à prêter

une attention sérieuse aux affaires. Ce qui l'avait
le plus indigné, disait-il, c'est la rencontre qu'il
fit d'Atrestide, qui venait de chez Philippe, et
qui traînait à sa suite des femmes et des enfants
au nombre de trente environ. Tout étonné, disait-il, de ce spectacle, il demanda à un voyageur
quel était cet homme et la foule qui le suivait.
Ayant appris que cet Atrestide conduisait des
prisonniers d'Olynthe dont Philippe lui avait fait
don, il en fut indigné, il gémit, il versa des
larmes sur le sort de la Grèce, réduite à une telle
extrémité et indifférente à de semblables ignominies. Il vous conseilla donc d'envoyer en Arcadie des députés pour accuser les partisans de
Philippe. Car il avait entendu dire à ses amis,
qu'ils seraient punis, dès qu'Athènes prendrait la
chose à cœur et enverrait des députés.

85. Tel était alors son langage, Athéniens, il
était beau et digne de la République. Mais dès
qu'il fut en Macédoine, dès qu'il eut vu Philippe,
son ennemi et le nôtre, le langage d'Eschine fut-il
le même ou approchant? Il s'en faut bien. A l'entendre, il ne fallait plus ni rappeler l'exemple et
les trophées de vos ancêtres, ni porter du secours
à aucun peuple. Il était étonné qu'on voulût
attendre les autres Grecs pour délibérer sur la
paix, comme si les Athéniens avaient besoin de
prendre conseil d'autrui dans leurs propres af-

faires. A l'entendre, ô dieux! Philippe était le
Grec le plus digne de ce nom, c'était l'homme le
plus éloquent et le plus dévoué aux intérêts d'A-
thènes; et pourtant, disait-il, il y avait parmi vous
des citoyens assez étranges, assez mal avisés pour
ne pas rougir de l'injurier et de l'appeler barbare.

86. Est-il croyable que le même homme, qui
antérieurement avait tenu un langage si différent,
eût osé parler ainsi, s'il n'eût été corrompu?
Celui qui s'était tant indigné contre Atrestide à
cause des enfants et des femmes d'Olynthe, aurait-il agi de concert avec Philocrate qui a amené
ici des femmes libres de la même ville pour les
insulter, et qui est tellement connu par sa vie
criminelle, qu'il est inutile de vous en révéler les
infamies, et qu'il suffit de dire qu'il a amené des
femmes, pour que vous sachiez tout le reste, et
que vous soyez émus de pitié au sujet de ces
malheureuses créatures, dont le sort n'a pas touché le cœur d'Eschine, et ne lui a pas fait verser
de larmes sur le malheur de la Grèce, réduite à
voir des alliés insultés par des députés d'Athènes?
Après tous ces crimes, il cherchera peut-être à
vous toucher par ses larmes, il amènera même
ses enfants et vous les présentera à la tribune.
En les voyant, Athéniens, pensez aux enfants de
vos alliés et de vos amis, qui, précipités dans le
malheur par cet homme, errent de tous côtés,

traînant partout leur extrême misère, et qui sont
plus dignes de compassion que les enfants d'un
père aussi infidèle et traître à la patrie; pensez à
vos propres enfants qu'on a privés de toute espérance en les comprenant dans le traité de paix.
Quand il versera des larmes, souvenez-vous qu'il
vous a conseillé d'envoyer en Arcadie des députés
pour porter une accusation contre les créatures
de Philippe.

87. Mais il n'est pas nécessaire d'envoyer une
ambassade dans le Péloponèse, de faire un long
voyage et de dépenser beaucoup d'argent. Il ne
faut que vous approcher chacun de la tribune et
porter un suffrage consciencieux en faveur de la
patrie contre un homme qui, dans ses harangues,
avait rappelé, ô terre et ô dieux! les batailles de
Marathon et de Salamine, les trophées de nos ancêtres, et qui, à son retour de la Macédoine, vous
a fait tout-à-coup entendre un langage contraire;
disant qu'il ne fallait ni vous souvenir de vos ancêtres, ni parler de leurs trophées, ni porter secours à aucun peuple, ni attendre les autres Grecs
pour délibérer sur la paix. Seulement, il n'a pas
dit qu'il fallait renverser nos murs. Jamais, non
jamais, à aucune époque de plus infâmes discours
n'ont été prononcés devant vous. Que l'on adresse
cette question à un Grec ou à un barbare : dis-
moi, cette partie du monde qu'on appelle Grèce,

porterait-elle ce nom, ou serait-elle habitée par
ceux qui la possèdent maintenant, si nos ancêtres
n'avaient pas signalé leur courage à Marathon et
à Salamine? Je suis bien certain qu'on ne trouverait pas un homme assez borné, assez ignorant,
ou assez ennemi de la République, pour ne pas
répondre que depuis longtemps la Grèce serait
sous le joug des barbares. Et vous, la postérité
de ces hommes à qui pas un de nos ennemis ne
refuserait des éloges, Eschine, séduit par un vil
intérêt, vous défend de vous en souvenir. Il ne
reste rien aux morts sur la terre, si ce n'est la
louange due aux belles actions : c'est un bien que
possèdent en propre ceux qui sont morts glorieu-
sement, car ils se trouvent alors à l'abri des
atteintes de l'envie. Celui qui, comme Eschine,
veut les en priver, mérite d'être dégradé. Et
c'est là le moyen de venger vos ancêtres.

88. Par de pareils discours, mauvais citoyen,
portant atteinte à la propriété de nos ancêtres, et
flétrissant leur gloire, tu as ruiné nos affaires; mais
tu as acquis des terres par ce moyen, et tu es devenu
un citoyen marquant. Car avant d'avoir causé tant
de malheurs à la République, il avouait qu'il avait
été greffier, et qu'il vous en avait l'obligation, et
il se tenait dans les bornes de la modération. Mais
depuis tous les maux qu'il nous a faits, il fronce
le sourcil. Et si quelqu'un dit : *Eschine a été*

greffier, il s'irrite et se dit offensé. Il se promène sur la place publique, laissant flotter son manteau jusqu'aux talons, enflant ses joues, et marchant à la manière de Phythocles. Et lui, naguère l'humble serviteur de Tholus, il est maintenant de ces hôtes et de ces amis de Philippe qui ne veulent plus de la démocratie, la regardant comme un gouvernement mal combiné, et sujet à de perpétuelles agitations.

89. Je vais vous dire en peu de mots comment Philippe vous a trompés en appelant à son secours ces méchants hommes, ces ennemis des dieux : car il est juste d'examiner et de voir toute l'astuce de sa politique. Comme son pays était exposé au pillage des corsaires, et que tous les ports lui étaient fermés au point qu'il ne pouvait rien transporter avec sécurité, il exprima le désir d'obtenir la paix, et envoya ici, pour cet effet, Néoptolème, Aristodème et Ctésiphon, les chargeant de paroles bienveillantes. Dès notre arrivée chez lui comme députés, il prit Eschine à ses gages, pour qu'il appuyât les discours et les manœuvres de l'infâme Philocrate, et l'emportât sur ceux qui voulaient le bien de la patrie. De concert avec Eschine, il nous écrivit une lettre qui, dans sa pensée, devait, plus que toute autre chose, nous déterminer à faire la paix. Cependant il ne pouvait entreprendre rien d'important contre

vous, à moins de perdre les Phocéens, ce qui
n'était pas facile ; car la fortune l'avait réduit à une
telle détresse, qu'il lui fallait ou ne rien accomplir de ce qu'il désirait, ou manquer à sa parole,
violer ses serments et rendre témoins de sa perfidie tous les Grecs et tous les barbares. En re-
cevant les Phocéens dans son alliance, et en les
comprenant avec vous dans le même traité, il
était forcé de rompre avec les Thessaliens et les
Thébains, et de refuser aux uns la Béotie, contrairement à la foi jurée, et aux autres leur réta-
blissement dans leurs droits Amphictyoniques.
Il sentait qu'en excluant les Phocéens du traité,
vous arrêteriez sa marche, et lui fermeriez le
passage des Thermopyles, comme vous l'auriez
fait en effet, si vous n'aviez pas été trompés.
Dans ce cas, il lui était impossible de porter plus
loin ses armes ; il le savait, et pour s'en convaincre, il n'avait besoin que de sa propre expé-
rience. Car, dans la première guerre où il triom-
pha des Phocéens, où il tailla en pièces les
soldats étrangers, et Onomarque, leur chef et
leur général, il ne put avancer plus loin, ni venir
à bout de ses desseins, quoiqu'il n'eût que vous
seuls à combattre, et qu'il n'eût contre lui ni
Grec, ni barbare ; il ne put pas même se rap-
procher de nous. Il savait fort bien qu'il lui serait
impossible de passer les Thermopyles, si vous

veniez à secourir les Phocéens dans un moment
où il était en querelle avec les Thessaliens, où les
Phocéens avaient refusé, pour la première fois,
de le suivre, où les Thébains venaient d'éprouver
une défaite complète, attestée par un trophée.
Il prévoyait que la force seule ne le ferait pas
réussir, et qu'il fallait y ajouter la ruse. Comment
donc, s'est-il dit, viendrai-je à bout de mes projets sans manquer ouvertement à ma parole, et
sans me montrer parjure? Comment faire? Voici
comme je m'y prendrai : Je choisirai quelques
citoyens d'Athènes disposés à tromper les Athéniens ; l'opprobre de leur conduite ne tombera
pas sur moi. Les députés de Philippe vous annoncèrent donc que leur maître ne recevait pas les
Phocéens dans son alliance. Nos traîtres reprirent
aussitôt la parole, et dirent que Philippe ne pouvait convenablement recevoir les Phocéens dans
son alliance, à cause des Thébains et des Thessaliens ; mais que, s'il devenait maître des affaires,
et s'il obtenait la paix, il ferait tout ce que nous
désirons aujourd'hui.

90. C'est par de telles espérances, par de telles
manœuvres et de telles séductions qu'ils ont obtenu la paix sans y comprendre les Phocéens.
Mais il fallait encore empêcher le secours que
vous auriez pu envoyer aux Thermopyles : vous
aviez cinquante vaisseaux stationnés dans les en-

virons, pour vous opposer à la marche de Philippe, dès qu'il ferait un mouvement. Comment s'y prendre? quel nouveau stratagème employer? Il fallait vous enlever l'avantage des conjonctures, et charger de ces affaires des hommes qui les conduisissent si promptement, que vous ne pourriez plus porter aucun secours, malgré tous vos désirs. C'est ce qui a été fait par nos députés. Quand je ne pouvais pas prendre les devants, comme vous l'avez déjà souvent entendu dire, j'avais loué un vaisseau, mais on m'a empêché de partir. Mais il fallait encore persuader les Phocéens de se confier à Philippe, et de se livrer d'eux-mêmes, pour qu'il n'y eût point de temps perdu, et qu'il n'arrivât pas de votre part un décret contraire à ses vues. En conséquence, les députés d'Athènes devaient annoncer aux Phocéens qu'ils seraient sauvés. Car, se disait Philippe, s'ils se défient de moi, ils ne se défieront pas des Athéniens, et ils se remettront entre mes mains. J'engagerai les Athéniens à venir en armes, afin que, dans l'espoir que tout ira au gré de leurs désirs, ils ne prennent aucune mesure fâcheuse contre moi. Les députés feront des rapports et des promesses, qui, quoi qu'il arrive, empêcheront les Athéniens de se mettre en mouvement.

91. Tels sont les menées et les artifices par

lesquels ces misérables sont venus à bout de tout
ruiner. Aussi, bientôt après, au lieu de voir
Thespies rétablie, vous vîtes Orchomène et Coronée réduites en servitude. Au lieu de voir les
Thébains humiliés, leur insolence et leur orgueil
réprimés, vous vîtes les murs des Phocéens détruits par ces mêmes Thébains, dont la ville,
d'après le langage d'Eschine, devait être réduite
en bourgades. Philippe, au lieu de nous rendre
l'Eubée pour nous dédommager d'Amphipolis, y
établit des citadelles contre nous, et ne cessa de
tendre des piéges à Géreste et à Mégares. Au lieu
de recevoir Orope, nous sommes obligés de défendre les armes à la main Dryme et le territoire
de Panacte, ce que nous n'avons jamais fait du
temps que les Phocéens subsistaient. Au lieu de
rendre aux dieux dans le temple de Delphes le culte
usité chez nos pères, et de faire payer à Apollon
l'argent qui lui était dû, les vrais Amphictyons,
chassés de leur pays, ont pris la fuite, et ont quitté
leur pays dévasté; des Macédoniens barbares
qui, dans les siècles précédents, n'avaient jamais
été Amphictyons, le sont devenus par la violence.
Quiconque ose proposer de rendre l'argent au
temple, est puni du dernier supplice. Notre République a été dépouillée du droit de consulter
l'oracle la première, et notre avenir est obscur
comme une énigme. Philippe n'a été trompé dans

aucune de ses attentes, il est venu à bout de tous
ses desseins ; et vous, qui aviez de si belles espérances, vous avez vu arriver tout le contraire de
ce que vous attendiez. Vous paraissez jouir de la
paix, et vous avez plus souffert que si vous aviez
eu la guerre ; tandis que ces misérables possèdent
le prix de leur trahison, sans en avoir encore
jusqu'à ce jour subi la peine.

92. Qu'ils aient tout vendu, et qu'ils jouissent
du salaire de leur perfidie, c'est ce que je crois
vous avoir déjà clairement prouvé de mille ma-
nières, et même je devrais craindre d'aller contre
mon but et de vous importuner, en m'attachant
si fort à démontrer un fait qui vous est connu
depuis bien longtemps. Cependant écoutez encore
cette réflexion : voudriez-vous, Athéniens, ériger
sur la place publique une statue à un des députés
de Philippe ? Quoi ! leur donneriez-vous une pen-
sion au Prytanée, ou quelqu'autre récompense
dont vous honorez quelquefois des citoyens qui
ont bien mérité de la patrie ? Non, je ne le pense
pas, car vous n'êtes ni ingrats, ni injustes, ni
perfides. Pourquoi donc ne feriez-vous rien pour
eux ? Parce qu'ils ont agi dans l'intérêt de Philippe, et qu'ils n'ont rien fait pour vous. Voilà,
sans doute, ce que répondrait chacun de nous
avec autant de vérité que de justice. Mais croyez-
vous que Philippe n'ait pas les mêmes sentiments

que vous? Et s'il a fait de si grands et de si riches présents à nos députés, est-ce parce qu'ils vous avaient bien servis dans leur ambassade? Non certes. Vous voyez comment il a reçu Hégésippe et ses collègues d'ambassade : je passe tout cela sous silence ; mais il a chassé de ses états le poète Xénoclide pour avoir donné l'hospitalité à quelques-uns de ses compatriotes. C'est ainsi qu'il traite tous ceux qui plaident votre cause ; mais quant à ceux qui se vendent à lui, il les traite comme il a traité Eschine et ses complices. Vous faut-il des témoignages à l'appui de ces faits? Vous faut-il des preuves plus frappantes? Qui de vous prétendrait détruire celles que j'ai fournies?

93. Quelqu'un dernièrement, dans la salle du sénat, m'a dit la chose la plus étrange, m'assurant qu'Eschine se disposait à poursuivre Charès, et se flattait de vous en imposer par ce moyen. Quant à moi, je prétends et je soutiendrai toujours que, si Charès est accusé, on reconnaîtra qu'il vous a servis avec toute la fidélité et tout le dévouement dont il est capable ; que ses mauvais succès doivent être imputés aux traîtres, auteurs de nos maux ; je n'insisterai pas sur ce point. Je vais jusqu'à dire que, quand même les reproches d'Eschine seraient fondés, il ne serait pas moins ridicule pour lui d'accuser Charès. Car je n'accuse pas Eschine sur les opérations de la campagne, les

généraux seuls en sont responsables. Je ne lui reproche pas non plus d'avoir fait la paix. Jusque-
là, je le trouve innocent. Quelle est donc ma
pensée, et où commence mon accusation? Au
moment où l'on négociait la paix, où il a secondé
les vues de Philocrate, et s'est opposé aux orateurs
qui donnaient les meilleurs conseils ; au moment
où il a reçu des présents, où il vous a fait perdre
un temps précieux, où il n'a exécuté aucun de vos
ordres, où il vous a trompés, où il a tout perdu
en vous donnant l'espérance que Philippe ferait
tout ce que vous désireriez. Enfin, je l'accuse du
moment qu'il a pris la défense de Philippe, tandis
qu'on vous exhortait à vous défier d'un homme
qui vous avait fait tant de mal. Voilà ce dont je
l'accuse, et vous ne devez pas l'oublier. Si j'avais
vu une paix juste et raisonnable, des députés intègres et véridiques, j'aurais fait leur éloge, et
demandé pour eux des couronnes. Si quelque général a prévariqué, cela est étranger au compte
que doit rendre aujourd'hui Eschine. Car quel
général a perdu la ville d'Ale et la Phocide? Qui
a livré Dorisque, Cersoblepte, le Mont-Sacré,
les Thermopyles? Qui a ouvert à Philippe le chemin de l'Attique à travers le pays de nos alliés et
de nos amis? Qui nous a fait perdre Coronée,
Orchomène, l'Eubée, et un peu auparavant la
ville de Mégare? Qui a fortifié les Thébains? De

tous ces objets d'une si haute importance que
Philippe tient entre ses mains, en est-il un qui
ait été perdu par la faute des généraux, ou cédé
à Philippe par le traité de paix? Non; c'est la
scélératesse, c'est la perfidie de nos députés qui
nous les a ravis.

94. Si donc Eschine sort de la question, s'il se
jette sur un point étranger à sa cause, dites-lui
alors : Nous ne jugeons pas ici des opérations
d'un général, tu n'es pas accusé à ce sujet. Ne
viens pas nous dire qu'un autre est cause de la
perte des Phocéens : montre-nous que tu n'y as
pas contribué. Si Démosthène est coupable, pourquoi le dis-tu maintenant, tandis que tu ne l'as
pas accusé quand il rendait ses comptes? Ce seul
trait suffirait pour te condamner. Ne viens pas
nous développer les avantages de l'état de paix :
personne ne t'accuse d'avoir fait la paix ; mais
démontre-nous que cette paix n'est pas honteuse
et déshonorante ; démontre-nous que nous n'avons
pas été trompés depuis, et que nous n'avons pas
fait des pertes immenses. Tu es convaincu d'en
être l'auteur. Et pourquoi fais-tu l'éloge d'un
ennemi qui nous a causé tant de maux? Si vous
lui tracez ces limites, il ne saura que répondre.
Et vainement alors fera-t-il retentir à vos oreilles
les éclats de sa voix sonore.

95. Il est peut-être nécessaire de vous parler

de cette voix. Car j'ai appris qu'il compte beaucoup sur son secours pour vous en imposer. Pour
moi, je regarderais comme un effet de la conduite
la plus étrange qu'un homme que vous avez à
jamais dégoûté des troisièmes rôles en le sifflant,
en le maltraitant et en le chassant du théâtre,
quand il représentait les malheurs de Thyeste et
les infortunes de Troie, que cet homme, dis-je,
qui vous a causé mille maux, non plus sur un
théâtre, mais dans les affaires les plus importantes,
pût vous intéresser aujourd'hui par le son de sa
voix. Non, ce serait un trait de la plus insigne
folie. Songez plutôt que la voix est la qualité qui
recommande un héraut, et que vous devez y faire
attention quand il s'agit de le choisir ; mais la
qualité d'un député, d'un homme qui prend part
aux affaires publiques, c'est l'intégrité ; grand et
noble, quand il parle pour vous, devant vous il
doit montrer la réserve qui convient d'égal à égal.
Quant à moi, la personne de Philippe ne m'a
point ébloui : mais je me suis laissé toucher aux
malheurs de nos prisonniers ; je n'ai point commis de bassesse, mais Eschine rampait aux pieds
de Philippe : assis à sa table, il chantait ses victoires et insultait à vos infortunes.

96. Certes, quand vous trouvez l'éloquence,
le débit, ou d'autres avantages de ce genre chez
un homme honnête, jaloux de vous servir, vous

devez l'en féliciter et encourager son talent, qui devient un bien commun à tous. Mais si ces avantages
se rencontrent chez un homme corrompu, pervers, qui cède au moindre intérêt, vous devez lui
fermer la bouche, et le repousser vigoureusement ;
car l'influence qu'acquiert un méchant homme
tourne au détriment de la République. Voyez dans
quels malheurs nous ont précipités les talents dont
se glorifie Eschine. Les autres facultés peuvent
se soutenir par elles-mêmes ; mais le talent de la
parole tombe, dès qu'il trouve de la résistance de la
part des auditeurs. Il faut donc n'écouter Eschine
que comme un homme pervers et corrompu,
incapable de faire entendre un seul mot de vérité.

97. Mais, considérez encore, qu'en outre de
tant de raisons, la condamnation d'Eschine est
impérieusement demandée par la position où
nous sommes à l'égard de Philippe. Si le Macédonien est forcé de traiter équitablement la République, il changera de système : pour tromper la
nation tout entière, il s'est attaché quelques
citoyens ; mais s'il apprend que vous les avez fait
périr, il fera tout pour vous qui serez devenus
puissants. S'il persiste dans son orgueil et ses
prétentions, vous aurez, en punissant ces misérables, purgé la ville d'une foule d'ennemis domestiques, toujours prêts à favoriser l'ennemi
commun. Car s'ils ont commis tant de crimes,

tout en s'attendant au châtiment qui leur est dû,
que ne feront-ils pas, si votre indulgence vient à
leur ôter cette crainte? Quel sera l'Euthycrate,
le Lasthène, quel sera le traître qu'ils ne surpas-
seront pas en perversité? Quel citoyen voudra
rester vertueux, en voyant que l'or, la gloire, la
fortune et l'amitié de Philippe deviennent le partage des traîtres qui vendent les intérêts de la
patrie; et que les contrariétés, l'inimitié, l'envie,
sont pour ceux qui s'attachent à la justice, et qui
sacrifient leur propre fortune? Mais il n'en sera
pas ainsi. Votre gloire, votre piété, votre sécurité, tout enfin vous défend d'absoudre Eschine;
tout vous dit de faire en lui un exemple pour
nos concitoyens et pour tous les peuples de la
Grèce.

ESCHINE.

SUR L'AMBASSADE.

SOMMAIRE

DE LA

DÉFENSE D'ESCHINE SUR L'AMBASSADE.

Si l'on trouve dans l'attaque de Démosthène plus de dignité, de force et d'élévation, on reconnaît dans la défense d'Eschine plus d'ordre, de précision et de clarté. Après un exorde plein d'adresse, Eschine repousse une à une les inculpations portées contre lui, et renvoie plus d'une fois à Démosthène lui-même les reproches de perfidie, de bassesse et de vénalité; il met dans tout leur jour les négociations de la paix et les circonstances qui l'ont amenée, exposant bien des détails que son adversaire avait passés sous silence. Aussi, les accusations de Démosthène, exagérées peut-être à cause des funestes suites de la paix, perdent beaucoup de leur force quand on lit attentivement la réplique d'Eschine : et l'on ne sait à qui donner raison. Les anciens comme les modernes ont été partagés de sentiments chaque fois qu'il s'est agi de décider à qui appartient la supériorité. Ce qui est certain, c'est qu'Eschine n'a pas été condamné; il est vrai, il n'a dû son acquittement qu'à un petit nombre de voix, et qu'à la protection d'Eubulus, qui exerçait alors une grande influence sur l'esprit des Athéniens. Au reste, comme le dit judicieusement M. Boullée, auteur de la Vie de Démosthène : « Ces deux harangues, indépen-« damment de l'intérêt puissant qui s'attache à la lutte « qu'elles nous retracent, sont précieuses par le jour

« qu'elles répandent sur les institutions , les mœurs et les
« usages de la république d'Athènes , sur la politique
« habile et profonde du roi de Macédoine. Quant aux
« particularités peu honorables qu'elles nous révèlent
« touchant la conduite des deux athlètes , nous manquons
« de notions suffisantes pour les apprécier sainement.
« A défaut de ces lumières, l'opinion la plus raisonnable,
« c'est qu'égarés par l'illusion du patriotisme ou par
« l'excès de leur inimitié, ils portèrent dans ces récrimi-
« nations mutuelles une exagération qui fit d'ailleurs peu
« d'impression sur l'esprit de leurs juges; car l'accusation
« de Démosthène ne réunit que trente suffrages , et l'on
« ne voit pas que cet échec ait affaibli le crédit ou la
« considération de l'orateur. »

1. Eschine s'insinue adroitement dans l'esprit de ses
juges pour affaiblir les accusations de son adversaire.

2. Il expose et exagère peut-être à dessein la gravité
des appréhensions que lui inspire son artificieux accusateur, et l'excès de sécurité que lui fait éprouver la
bienveillance de ses juges.

3. Il se remet entre les mains de ces derniers, les
priant de le condamner s'il a commis les crimes que lui
reproche Démosthène.

4. Philocrate , qui s'est condamné lui-même en se
soustrayant au jugement , prouve l'innocence d'Eschine
qui est resté au milieu de ses concitoyens.

5. Avant d'entrer en matière , il cherche à discrédite
toute l'accusation, qu'il représente comme confuse et se
détruisant d'elle-même.

6. L'orateur, pour plus d'ordre , remonte au moment
où il a été question de la paix.

7. Il expose le principe des négociations. Ambassade

de Phrynon et de Ctésiphon près de Philippe. Décret de Philocrate en faveur de la paix, décret attaqué, mais soutenu par Démosthène.

8. Aristodème, envoyé près de Philippe, vint rassurer les Athéniens sur les bonnes dispositions du prince, et sur le désir qu'il avait de faire la paix. Démosthène, loin de le contredire, voulait lui faire décerner une couronne.

9. Décret de Philocrate qui ordonnait une députation vers Philippe pour traiter de la paix. Le choix des députés montre que Démosthène était l'ami de Philocrate, et favorisait Aristodème.

10. Fausseté des rapports de Démosthène sur ce qui s'est passé à cette ambassade.

11. Conduite indigne de Démosthène, qui se déclare l'accusateur de ses collègues, après avoir été leur commensal.

12. L'orateur va suivre pas à pas son adversaire. Il rapporte la substance de son discours tenu devant Philippe, en faveur des Athéniens.

13. Suite de ce discours.

14. Démosthène, après s'être vanté de fermer la bouche à Philippe, resta court quand il fut en présence du prince.

15. Démosthène reproche ensuite à Eschine d'avoir indisposé par son discours le roi de Macédoine contre les Athéniens, et de n'avoir pas assez parlé en faveur de la paix, qu'il était nécessaire de conclure.

16. Conduite perfide de Démosthène durant le voyage de Macédoine à Athènes.

17. Admiration des députés causée par les talents de Philippe, que Démosthène exaltait aussi bien que ses collègues.

18. Témoignages honorables et flatteurs rendus par Démosthène à la conduite des députés.

19. Éloge de Philippe fait à la tribune d'Athènes au retour de l'ambassade. Démosthène, jaloux de l'approbation donnée au discours d'Eschine, veut qu'on s'occupe uniquement des affaires de l'État.

20. Paroles étranges de Démosthène; il veut non-seulement la paix, mais l'alliance; delà ressortent ses contradictions, son envie, la fausseté et la perfidie de son caractère.

21. Les négociations pour la paix ont donc été dirigées par Philocrate et Démosthène, et non par Philocrate et Eschine. Nouvelles preuves de cette assertion.

22. Eschine se justifie sur certains discours qu'il a tenus à la tribune, et que son adversaire lui avait reprochés.

23. Il expose les pénibles circonstances au milieu desquelles Athènes délibérait sur la paix. Nécessité de la faire.

24. Il avoue avoir conseillé un rapprochement avec le roi de Macédoine, contre lequel il était, dans le principe, fort animé : mais il trouve son excuse dans le pressant besoin de la paix.

25. L'orateur parle de Cersoblepte et des Phocéens, et répond aux autres calomnies de son adversaire.

26. C'est Démosthène qui a exclu Cersoblepte de l'alliance du peuple d'Athènes.

27. Il résulte de ce qui précède, que Démosthène est un homme infâme et un impudent menteur.

28. Preuves de l'innocence d'Eschine relativement aux affaires de Cersoblepte, qui était dépouillé de ses états avant que les députés partissent pour la seconde ambas-

sade. Vive réfutation de plusieurs griefs allégués contre lui.

29. Eschine se justifie, en passant, d'être parti pour une troisième ambassade, dont il s'était démis en quelque sorte pour cause de maladie.

30. Démosthène faisait dans cette ambassade un grand étalage de zèle patriotique, portant avec lui un seul talent pour racheter les prisonniers athéniens.

31. Avis d'Eschine adressés à ses collègues d'ambassade, quand ils furent arrivés en Macédoine.

32. Avis de Démosthène.

33. Démosthène, sans parler des vrais intérêts de la patrie, accuse ses collègues devant Philippe, tient à son audience des discours frivoles, inutiles et même ridicules.

34. Paroles d'Eschine adressées à Philippe, paroles pleines de gravité et de sagesse.

35. Eschine parle des priviléges et des droits sacrés de chaque peuple de la Grèce.

36. Démosthène a prêté à Eschine un langage différent de celui qu'il a tenu.

37. Eschine n'a pas empéché Démosthène de prendre la parole au retour de l'ambassade, et il n'aurait pu le faire. Démosthène a donné des louanges à ses collègues dans un décret; il a fait en particulier le plus grand éloge de la manière dont Eschine avait parlé à Philippe.

38. Démosthène a tort de reprocher à Eschine d'avoir travaillé à la paix, puisque lui était d'avis de former même une alliance.

39. L'orateur repousse avec force et vivacité le reproche d'avoir passé la nuit avec Philippe et de lui avoir composé une lettre; d'avoir, dans l'ivresse, insulté une femme Olynthienne.

52. Il expose l'histoire de sa vie militaire, les services qu'il a rendus à la patrie.

53. Il établit les avantages de la paix par des exemples pris dans les siècles précédents, démontre que la paix fut toujours aussi utile aux Athéniens que la guerre leur a été funeste.

54. L'orateur venant à la fin de son discours, supplie les juges d'avoir égard aux membres respectables de sa famille.

55. Il invoque les dieux, et supplie tous les assistants de s'intéresser à son sort.

56. Personne n'a jamais eu à se plaindre de lui : il mérite donc leur compassion.

57. Il n'a commis aucune injustice ; mais il a eu le malheur de rencontrer un calomniateur qui a su le noircir.

58. L'orateur finit par appeler à son secours les personnages les plus distingués de l'époque, enfin tous ceux qu'il a connus et fréquentés.

Ces deux harangues furent prononcées dans la deuxième année de la CIX⁰ olympiade, trois ans après la conquête de la Phocide. Il paraît que Démosthène était disposé à diriger plus tôt cette attaque contre son rival ; mais qu'il a été retardé par des obstacles suscités par Eschine. Celui-ci, sachant que Timocrate se disposait à l'attaquer à cause de sa conduite, prévint cette agression en accusant Timocrate de crimes honteux, dont la révélation lui causa tant de chagrin, qu'il se pendit avant le prononcé du jugement.

DÉFENSE D'ESCHINE

SUR L'AMBASSADE.

---

1. Je vous demande, Athéniens, de vouloir bien
prêter à mon discours une attention bienveillante,
en considérant la grandeur du péril que je cours,
les nombreuses imputations dont j'ai à me justifier,
les intrigues, les artifices et le cruel acharnement
de mon accusateur. Il a osé exhorter des juges,
obligés par leurs serments d'écouter avec impar-
tialité les deux parties, à fermer l'oreille à la voix
de l'accusé. En vous parlant ainsi, il n'était point
aveuglé par la colère (car l'homme, s'il ment, ne
ressent pas d'indignation au souvenir des faits
qu'il avance, puisqu'il en connaît la fausseté; et
s'il dit la vérité, il ne s'oppose pas à ce que celui
qu'il accuse se défende, parce qu'une accusation

n'est regardée par les juges comme prouvée,
qu'autant que l'accusé, après s'être défendu,
n'a pu se justifier des griefs allégués contre lui :
mais une règle aussi juste ne saurait convenir
à Démosthène, et ce n'est pas cette règle qui l'a
dirigé dans son accusation); il a cherché à soulever contre moi votre indignation, en m'accusant
de vénalité, lui tout-à-fait indigne de confiance
quand il s'agit d'inspirer ce soupçon contre qui
que ce soit. Car, pour exhorter des juges à s'indi-
gner contre la vénalité, il faudrait être soi-même
exempt de tout reproche à cet égard.

2. Jamais jusqu'à ce jour je n'avais éprouvé
autant de sentiments divers de crainte, d'indignation et même de joie très-vive, que j'en éprouvai
le jour où j'entendis l'accusation de Démosthène.
Je craignais en effet, et maintenant encore je ne
suis pas sans inquiétude à cet égard, je craignais
d'être méconnu par quelques-uns d'entre vous,
que les perfides antithèses de mon accusateur
auraient séduits. J'étais hors de moi-même (1),
pénétré d'une profonde indignation, quand je
l'entendais m'accuser de violence et d'outrages
commis dans l'ivresse, envers une femme libre
d'Olynthe. Mais je ressentais une joie bien vive

---

(1) Ἐξέστην, *extra me raptus sum*, *non apud me fui*, *mente
alienata fui*. Wolf.

quand je vous voyais arrêter mon accusateur,
lui interdire la parole sur cette partie de son accusation, et rendre par-là à ma conduite un témoignage que je crois devoir regarder comme la
récompense d'une vie irréprochable.

3. Aussi, je ne saurais vous donner assez d'éloges,
ni vous exprimer toute mon affection, de ce que
vous avez plus d'égards, dans vos jugements,
aux mœurs de l'accusé qu'aux inculpations de
ses ennemis. Toutefois, je ne négligerai pas de
me justifier aussi sur cette partie de l'accusation.
Car, si quelqu'un de ceux que cette cause a réunis
dans cette assemblée, composée de presque tous
les citoyens, ou si quelqu'un des juges demeurait
convaincu que j'ai commis un pareil attentat, je
ne dis pas contre une personne libre, mais contre
qui que ce fût, je me regarderais comme indigne
de vivre; et si, dans le cours de ma défense, je
ne prouve pas que cette accusation est fausse, et
que celui qui a osé la produire est un infâme
calomniateur, je veux mourir, lors même que
j'aurais démontré mon innocence sur tous les
autres points.

4. Il m'a paru bien extraordinaire, et souve-
rainement injuste, que Démosthène vous deman-
dât s'il était possible que je fusse absous dans la
même ville où vous avez prononcé la peine de
mort contre Philocrate, qui, ayant la conscience

de ses crimes, ne s'est pas présenté au tribunal.
Pour moi, je conclus de ce fait, et avec raison,
que vous devez m'absoudre. Car s'il est coupable
celui qui s'est condamné lui-même et qui ne s'est
pas présenté au tribunal, celui-là, au contraire,
ne saurait l'être, qui a eu assez de confiance en
son innocence pour livrer sa personne aux lois
et à ses concitoyens.

5. Si j'omettais, ou si j'oubliais un des autres
points de l'accusation, je vous prie, Athéniens,
de me le rappeler et de me faire connaître ceux sur
lesquels vous désirez être éclairés ; et de m'écouter
avec une bienveillance entière, sans rien préjuger
sur ma culpabilité. Il règne un tel désordre dans
l'accusation, que je ne sais par quelle partie
je dois commencer. En effet, c'est sur moi que
pèse une accusation capitale, et c'est de Philocrate, de Phrynon et de mes autres collègues,
c'est de Philippe, de la paix, et des actes de l'administration d'Eubulus qu'il est question dans la
plus grande partie du discours de Démosthène.
Je me trouve mêlé à tout cela. Démosthène, à
l'entendre, est le seul qui soit dévoué aux intérêts
de la République ; tous les autres sont des traîtres.
Il nous accable d'outrages, et prodigue non-seulement à moi, mais encore à mes collègues, des
injures que nous sommes bien loin de mériter.
Après ces invectives, il change tout-à-coup de

langage, et m'impute à tout propos, avec la même violence que s'il accusait Alcibiade ou Thémistocle, deux des plus grands hommes de la Grèce, d'avoir détruit les villes de la Phocide, d'avoir fait passer en d'autres mains la possession des lieux les plus importants de la Thrace, d'avoir chassé de son royaume Cersoblepte, l'ami et l'allié de la République. Il a cherché à m'assimiler à Denis, le tyran de la Sicile (1) ; il vous a exhortés avec un zèle et des cris forcenés, à vous garder du monstre, et vous a fait le récit d'un songe d'une prêtresse de Sicile. Après avoir ainsi exagéré tout, il semble me porter envie dans ses imputations, et attribue la cause des événements, non à mes discours, mais aux armes de Philippe.

6. L'impudence et l'emphase qui règnent dans toute l'accusation, rendent difficiles le souvenir de tous ses détails et la réponse aux calomnies imprévues qu'elle renferme. Cependant, pour rendre mes raisons plus claires, plus faciles à saisir, et pour faire ressortir la justice de ma cause, je reprendrai les choses du moment où il fut question de la paix, et où vous fîtes le choix des députés qui devaient la conclure. Par-là, il

_____

(1) Ce passage auquel répond Eschine ne se trouve pas dans le discours de Démosthène; celui-ci n'aura pas jugé à propos de le laisser par écrit.

nous sera plus facile, à moi de me rappeler les
faits et de les exposer, et à vous de les apprendre.

7. Vous vous souvenez, je pense, que les
députés des Eubéens, après avoir traité de la
paix pour eux-mêmes, vous annoncèrent de la
part de Philippe, que ce prince désirait se
réconcilier et vivre désormais avec vous en
bonne intelligence. Peu de temps après, Phrynon de Rhamnuse, fut pris par des pirates,
pendant la trève des jeux olympiques, ainsi qu'il
s'en plaignit lui-même. Après qu'il se fut racheté, et qu'il fut de retour ici, il vous pria de
l'envoyer près de Philippe en qualité de député,
afin de recouvrer, s'il était possible, le prix de
sa rançon. Vous acquiesçâtes à sa demande,
et lui donnâtes Ctésiphon pour collègue. De
retour de la Macédoine, Ctésiphon vous rendit
compte de sa mission, et vous annonça que Philippe lui avait dit qu'il ne vous faisait la guerre
qu'à regret, et qu'il voudrait y mettre fin. Après
que Ctésiphon vous eut ainsi parlé, qu'il eut
ajouté le récit des nombreuses marques de bienveillance de Philippe, qu'il eut été approuvé et
loué par le peuple sans aucue opposition, Philocrate de Rhamnuse, proposa un décret qui
fut approuvé unanimement. Ce décret portait
que Philippe pouvait envoyer à Athènes des
hérauts et des députés pour traiter de la paix.

Ce décret fut d'abord combattu par quelques hommes qui prenaient la chose fort à cœur, ainsi que la suite le fit voir. En effet, ils l'attaquaient comme illégal, ils choisirent Lycine pour l'accusateur, et conclurent à une amende de 100 talents. L'affaire fut ensuite portée au tribunal. Philocrate, qui était malade, chargea de sa défense non pas moi, mais Démosthène. Démosthène, cet ennemi de Philippe, parla tout un jour en faveur de Philocrate. Celui-ci fut absous, et l'accusation ne réunit pas la cinquième partie des suffrages. Voilà ce que vous connaissez tous.

8. Vers ce même temps, Olynthe fut prise, et un grand nombre de nos concitoyens y furent faits prisonniers, parmi lesquels se trouvaient Stratoclès, frère d'Ergocharès; et Eucrate, fils de Strommique. Leurs parents vous supplièrent instamment de vous intéresser à ces deux citoyens. Ce ne fut pas Eschine qui vint appuyer cette requête à la tribune; ce furent Démosthène et Philocrate. On députa vers Philippe le comédien Aristodème, connu de Philippe et bien vu de lui à cause de son art. De retour de sa mission, Aristodème, retenu par quelques affaires, ne se présenta pas devant le sénat; il fut prévenu par Stratoclès, qui revenait de la Macédoine, renvoyé sans rançon par Philippe. Beaucoup d'entre vous se plaigni-

rent hautement de ce qu'Aristodème ne venait
pas rendre compte de son ambassade, pendant
que Stratoclès répétait tout ce qui avait déjà
été rapporté de la part de Philippe. Enfin,
Démocrate d'Aphidne, s'étant rendu dans le sénat, persuada à l'assemblée de mander Aristodème. Démosthène, qui m'accuse maintenant,
était alors un des sénateurs. Aristodème s'étant
donc présenté, vous assura des dispositions favorables de Philippe, et ajouta qu'il désirait devenir
notre allié. Ce qu'il avait dit devant le sénat,
il le répéta devant le peuple. Démosthène, loin
de le contredire, proposa de lui décerner une
couronne.

9. Après l'exposé des paroles de Philippe devant le peuple, Philocrate proposa un décret,
d'après lequel dix députés devaient être élus pour
aller traiter, avec Philippe, de la paix et des intérêts respectifs. Ce décret ayant été porté, je
fus désigné à votre choix par Nausiclée; Démosthène le fut par Philocrate, le même qu'il accuse
aujourd'hui. Mais tel était le zèle qu'il déployait
dans cette circonstance, que, pour que l'ambassade ne nuisît pas aux intérêts d'Aristodème, il
proposa au sénat d'envoyer des députés dans les
villes où celui-ci s'était engagé à remplir quelque
rôle, députés qui devaient supplier de ne pas le
condamner à l'amende. Greffier, lisez les décrets

de Démosthène, ainsi que la déposition d'Aristodème ; faites paraître les témoins de cette déposition (1), ces faits serviront de preuve à la vérité de mes assertions. Ils révèleront aussi aux juges, et l'ami de Philocrate, et celui qui se chargeait de persuader au peuple d'accorder des présents à Aristodème.

DÉCRETS ET DÉPOSITION.

Ainsi, la première direction des affaires appartient non à Eschine, mais à Démosthène et à Philocrate.

10. Dans le cours de l'ambassade, il fit tous ses efforts pour être admis à notre table ; il y réussit, non de mon gré, mais du consentement de mes collègues Aglaocréon de Ténédos, député des alliés, et d'Iatoclès. Il vous a fait un récit plein de fausseté, en vous rapportant que je lui avais dit pendant le voyage, que nous devions tous nous garder du monstre, c'est-à-dire, de Philocrate. Comment, en effet, aurais-je excité Démosthène contre Philocrate, qui avait été défendu par lui, lorsqu'il était accusé d'infraction aux lois, et qui l'avait désigné pour faire partie de l'ambassade ? Quant à nous, qui étions ses col-

---

(1) Πρὸς οὕς ἐξεμαρτύρησεν. *Voca eos qui absentem eum testificantem coram audierant, et nunc testimonium ex eo auditum recitabunt.* WOLF.

lègues, nous fûmes forcés de subir la présence de cet
homme odieux et insupportable , non-seulement
pendant le temps où il tenait des propos tels que
ceux que je viens de citer, mais encore durant tout
le voyage. Tandis que nous nous concertions sur
ce que nous devions dire , Cimon nous déclara
qu'il craignait que nous ne fussions vaincus par
Philippe , dans la discussion de nos intérêts ; mais
Démosthène nous assura qu'il y avait en lui une
source intarissable d'éloquence , qu'il parlerait
de nos droits sur Amphipolis, de manière à fermer
la bouche à Philippe, et à lui persuader de rendre
cette ville aux Athéniens , à la seule condition
que ceux-ci rappelleraient Léosthène.

11. Pour ne pas vous exposer trop au long
l'arrogance de Démosthène , je passe au moment
où , arrivés en Macédoine , nous réglâmes que
les plus âgés d'entre nous parleraient les premiers
lorsque nous paraîtrions devant Philippe , et ,
après eux, les autres par rang d'âge. Démosthène,
ainsi qu'il le dit lui-même , était le plus jeune des
députés. Nous fûmes admis à l'audience de Philippe. De grâce, Athéniens , prêtez-moi ici toute
votre attention. Vous allez reconnaître dans cet
homme une excessive jalousie, tout à la fois une
lâcheté et une méchanceté extraordinaires, de
perfides intrigues contre des collègues dont il était
le commensal, intrigues telles qu'on en ourdirait

à peine contre ses plus mortels ennemis. Il dit qu'il a le plus grand respect pour les droits de la patrie et la confraternité des citoyens ; lui, je ne crains pas de le dire, qui n'est ni de votre pays, ni de votre race : et nous qui, dans cette patrie, avons une demeure, des autels et des sacrifices, les tombeaux de nos pères, des liaisons honnêtes avec vous, des alliances légitimes, des parents et des enfants ; nous qui, dans Athènes, étions dignes de votre confiance, puisque vous nous avez choisis pour députés, à peine avons-nous eu mis le pied dans la Macédoine, que tout-à-coup nous sommes devenus des traîtres. Démosthène, au contraire, en qui tout est vendu, tout, même l'organe de la parole, Démosthène ose s'élever contre la vénalité avec la même indignation et le même dédain que s'il était cet Aristide, qui régla les contributions des Grecs, et qui fut surnommé le Juste.

12. Écoutez maintenant le discours que je prononçai pour défendre vos intérêts, et ensuite celui de Démosthène, le grand défenseur de la République ; afin que je puisse me justifier avec suite, et pas à pas, de tous les griefs qu'il m'a imputés. Je vous dois les plus grandes actions de grâces pour le silence impartial avec lequel vous m'écoutez ; si je ne parviens pas à renverser toutes ses accusations, ce ne sera pas vous, mais moi seul

que j'en accuserai. Après les discours de ceux à
qui l'âge avait donné le droit de parler avant moi,
mon tour vint de parler. J'ai déjà rapporté dans
le plus grand détail, en présence du peuple as-
semblé, tout ce que je dis alors, et ce que répondit Philippe ; je vais donc essayer de vous en
rappeler seulement la substance.

13. Je commençai par rappeler à Philippe
l'amitié que son père Amyntas avait portée aux
Athéniens, ainsi que les avantages qu'il en avait
retirés ; je les lui rappelai tous avec ordre, et
sans en omettre aucun ; je lui exposai ensuite les
services dont il était lui-même l'objet et la
preuve. Amyntas venait de mourir, laissant trois
fils, Alexandre qui était l'aîné, Perdiccas et Philippe, encore enfants. Eurydice, leur mère, était
trahie par ceux qui paraissaient lui être le plus
dévoués. Pausanias voulait envahir la Macédoine,
d'où il était exilé ; profitant des conjonctures, et
soutenu par un grand nombre de partisans, il
s'était emparé, à l'aide de troupes grecques,
d'Anthémonte, de Therme, de Strepsa et d'autres
pays. Les Macédoniens étaient divisés en différents
partis, mais le plus grand nombre penchait pour
Pausanias. Dans ces circonstances, les Athéniens
choisirent pour général Iphicrate, qu'ils envoyè-
rent à Amphipolis. Alors les Amphipolitains
étaient maîtres de la ville et de son territoire.

Iphicrate étant venu dans ces lieux avec quelques vaisseaux seulement, plutôt pour examiner l'état des choses, que pour assiéger la ville, y reçut, disais-je à Philippe, un message de ta mère, qui le priait de se rendre auprès d'elle. Tous ceux qui furent présents à sa réception, rapportent que ta mère, ayant remis ton frère Perdiccas dans les bras d'Iphicrate, et ayant placé sur ses genoux toi-même qui étais alors dans la plus tendre enfance, lui dit : Amyntas, père de ces enfants, se lia par l'amitié avec la république d'Athènes, et avec toi, en t'adoptant pour son fils ; par là, tu es devenu, comme simple particulier, le frère de ces enfants, et comme homme public, notre ami. Elle lui adressa ensuite les plus ardentes supplications, pour qu'il se chargeât de la défendre, elle, ses enfants et son royaume, en un mot, pour qu'il vous sauvât. Iphicrate, touché de ces prières, chassa Pausanias de la Macédoine, et conserva l'empire à toi et à tes frères.

14. Je lui représentai ensuite quelle avait été l'ingratitude et la perversité de Ptolémée, lorsqu'établi tuteur des jeunes princes, il se montra l'adversaire des Athéniens, dans la question relative à Amphipolis, et qu'il fit alliance avec les Thébains, ennemis déclarés d'Athènes. Je lui rappelai que Perdiccas, parvenu au trône, fit la guerre à la République au sujet de la même ville,

et comment, malgré l'injustice dont il était coupable à votre égard, et après la victoire remportée sur lui par Callisthène, notre général, vous voulûtes bien lui accorder une trève dans l'espoir de le ramener à des sentiments équitables. Je fis tous mes efforts pour justifier le peuple athénien des reproches qui lui ont été faits au sujet de ce général, et je prouvai que Callisthène avait été condamné à mort, non pas à cause de la trève avec Perdiccas, mais pour d'autres raisons. Je ne craignis pas non plus de parler contre Philippe, et de lui reprocher d'avoir, en succédant à son frère, continué la guerre que celui-ci faisait à la République. Je présentais comme preuve de ce que j'avançais, les lettres de Perdiccas et de Philippe aux Athéniens, les décrets du peuple, la trève de Callisthène. Quant à la possesion primitive du territoire d'Amphipolis et des *Neuf-chemins;* quant aux enfants de Thésée, dont on rapporte que l'un, nommé Acamas, reçut ce territoire comme dot de son épouse, il convenait que j'en parlasse, et je le fis avec toute l'exactitude que je pus y apporter. Il est peut-être nécessaire en ce moment d'abréger ces détails, je ne parlerai donc pas de ce que rapportent d'anciennes chroniques, mais seulement de ce qui s'est passé de nos jours. Lorsque les Lacédémoniens et les autres Grecs confédérés s'assemblèrent, Amyntas, père de

Philippe, qui faisait partie de leur ligue, envoya
un député pour siéger à l'assemblée. Ce député,
dont le suffrage était entièrement libre, déclara
que les Macédoniens aideraient les autres Grecs
à assurer aux Athéniens la jouissance d'Amphipolis qui leur appartenait. Je lui fis connaître,
par la lecture des registres publics, les noms de
ceux qui avaient voté ce décret, porté à l'unani-
mité. J'ajoutai : Puisqu'Amyntas, ton père, a
déclaré, en présence de tous les Grecs, non-seulement par ses paroles, mais encore par son vote,
qu'il n'avait aucun droit sur Amphipolis, c'est
injustement que toi, son fils, tu prétends en être
le légitime possesseur. Si tu appuyais ta préten-
tion sur la force des armes ; si tu avais soumis
Amphipolis à ta puissance, en nous faisant la
guerre, elle t'appartiendrait par le droit de la
guerre. Mais, en enlevant à ses habitants une
ville qui appartient aux Athéniens, ce n'est
pas le bien des Amphipolitains que tu as ravi,
c'est celui des Athéniens.

15. Après ces discours et d'autres pareils, ce fut
le tour de Démosthène de parler. Tous étaient dans
l'attente d'un discours dont l'éloquence se produi-
rait dans sa plus grande force : car, comme je l'ai
su depuis, ses magnifiques promesses étaient par-
venues aux oreilles de Philippe et de ses amis.
Telle était la disposition des esprits, quand ce

fougueux orateur prononça un exorde obscur, que
la crainte dont il était frappé rendait inintelligible. Quand il eut touché tant soit peu aux affaires (1), il s'arrêta tout-à-coup; embarrassé et
ne sachant plus que dire (2). Philippe le voyant
dans l'embarras, l'encouragea, lui dit de ne pas
s'affliger de cet accident, comme le ferait un acteur
sur le théâtre, mais de rappeler peu à peu et
tranquillement ses souvenirs, et d'exposer ce qu'il
voulait dire. Mais le trouble qui s'était emparé de
lui, lui ayant fait perdre le souvenir de ce qu'il
avait écrit, il ne put plus ressaisir ses pensées, et
après de nouveaux efforts pour parler, il éprouva
la même impuissance.

16. Comme nous gardions le silence, le héraut
nous fit retirer. Lorsque nous nous trouvâmes
seuls entre nous, l'illustre Démosthène me dit
avec un visage sombre que j'avais causé la ruine
de ma patrie et de ses alliés. Frappé de ce propos,
je lui en demandai la raison, et mes collègues
aussi. Alors il me demanda si j'avais oublié quelle

---

(1) Μικρὸν προαγαγὼν, scil. τὸ προοίμιον, cum orationem humi
repentem paulum ad res ipsas perduxisset. Wolf.

(2) Démosthène a pu éprouver cet embarras; mais les interprètes croient qu'Eschine a beaucoup exagéré dans le but d'amuser
ses auditeurs, et de les détourner ainsi de l'objet de leurs délibérations.

était la situation des choses dans Athènes ; si je
ne me souvenais pas que le peuple fatigué désirait la paix avec ardeur. Fondez-vous, me disait-il,
de grandes espérances sur les cinquante galères
dont le peuple a décrété l'armement, mais qui ne
seront jamais équipées ? Vous avez irrité Philippe,
vous lui avez parlé de manière à changer la paix
en une guerre implacable, plutôt qu'à faire suc-
céder la paix à la guerre. Au moment où je com-
mençais à répondre à ces reproches, nous fûmes
invités à reparaître devant Philippe. Dès que nous
fûmes assis, Philippe reprenant avec ordre chacune des choses que nous avions dites, entreprit
d'y répondre, mais en peu de mots : il s'attacha
principalement à répondre à mon discours, non
sans raison peut-être, car je n'avais omis, je le
crois, rien de ce qu'il était nécessaire de dire.
Il s'adressa souvent à moi dans son discours ;
quant à Démosthène, qui s'était couvert du plus
grand ridicule, il ne discuta pas même contre lui.
Ce silence causa à Démosthène une peine amère.
Mais lorsqu'en terminant, Philippe nous parla
avec la plus grande bonté, et que Démosthène
voyait ainsi détruits les reproches calomnieux qu'il
m'avait adressés en présence de mes collègues,
me désignant comme la cause d'une guerre et de
dissensions futures, il parut, aux yeux de tous
ceux qui étaient présents, ne plus se posséder, et

n'observa aucune bienséance dans le repas qui
nous fut ensuite offert.

17. L'ambassade terminée, comme nous étions
en route pour revenir à Athènes, Démosthène, à
notre grand étonnement, parla à chacun de nous
avec la plus grande douceur. Jusque-là j'avais
ignoré le sens de ces mots : fourbe, patelin, ca-
méléon et autres semblables : je le connus bientôt,
quand j'eus trouvé dans Démosthène un interprète de toute noirceur. Car cet homme, prenant
à part chacun de nous, promettait à l'un de lui
procurer une recette, et de l'aider de ses propres
biens, à l'autre, de lui faire obtenir le grade de
général; il me prodiguait les flatteries sur mon
talent, et louait jusqu'à satiété le discours que
j'avais prononcé devant Philippe.

18. Un jour que nous soupions tous ensemble à
Larisse, Démosthène fit plusieurs plaisanteries sur
lui-même et sur l'embarras où il s'était trouvé; il
ajouta que Philippe était l'homme le plus éloquent
qui ait jamais paru sous le soleil. J'énonçai une
opinion à peu près semblable, et je rappelai avec
quelle imperturbable mémoire il avait répondu
sur chacun des points que nous avions traités.
Ctésiphon, qui était le plus âgé d'entre nous,
parla de sa vieillesse, exagéra le nombre de ses
années; et dit que, durant une vie aussi longue,
il n'avait jamais rencontré un homme aussi ai-

mable, ni aussi gracieux que Philippe. Ce vrai
Sisyphe accueillant ces paroles par des applaudissements, dit : ni toi, ni lui (et il me désignait),
vous n'oseriez répéter devant le peuple d'A-
thènes que Philippe est éloquent, et qu'il a une
excellente mémoire. Mes collègues et moi, ne
comprenant pas quel était son but, et n'apercevant pas le piège qu'il nous tendait, et dont je
vous parlerai tout-à-l'heure, nous fûmes amenés à
convenir que nous répéterions en votre présence
ce que nous venions de dire. De plus, il me sup-
plia avec instance de ne pas négliger de déclarer
qu'il avait parlé d'Amphipolis. Jusqu'ici j'ai pour
garants de la vérité de mes assertions mes collègues eux-mêmes, que Démosthène, dans son
accusation, a sans cesse accablés d'outrages et de
calomnies. Quant aux discours qui ont été prononcés à cette tribune, vous les avez entendus.
Il me sera donc impossible de vous en imposer.

19. Je vous supplie d'accorder aussi une pa-
tiente attention au reste de ce récit. Je sais que
chacun de vous désire entendre ma réponse aux
accusations dont je suis l'objet relativement à
Cersoblepte et aux Phocéens. Je me hâte donc
d'aborder ce sujet. Si vous n'avez pas bien entendu
ce qui précède, vous saisirez difficilement ce que
je vais exposer ; mais si vous me permettez de
suivre le plan de défense que j'ai adopté, vous

pourrez m'absoudre, après avoir ouï des preuves
suffisantes de mon innocence, et conclure des
faits qu'avouent mes adversaires la vérité de ceux
qu'ils nient. Lorsqu'après notre retour d'ambassade, nous en eûmes fait au sénat un rapport
succinct, que nous eûmes remis la lettre de Philippe, ce fut Démosthène qui nous combla d'éloges,
en présence de tous les sénateurs, et qui déclara
avec serment devant l'autel du sénat, qu'il félicitait la République d'avoir choisi pour députés
des hommes dont les discours et la fidélité, les
actions et les paroles étaient si dignes d'elle.
Il dit de moi que je n'avais pas trompé les
espérances de ceux qui m'avaient élu. Enfin, il
proposa de décerner à chacun de nous une couronne d'olivier, en récompense de notre dévouement à la patrie, et de nous inviter pour le
lendemain à souper au prytanée. Que le greffier
lise le décret et les témoignages de mes collègues,
ils prouveront que je n'ai rien dit qui ne soit
vrai.

DÉCRET DU SÉNAT RENDU SUR LA PROPOSI- TION DE DÉMOSTHÈNE, ET DÉPOSITIONS DES COLLÈGUES D'AMBASSADE.

20. Après notre rapport au peuple sur l'ambassade, Ctésiphon, à qui son âge donnait le
droit de parler le premier, monta à la tribune,

et parmi les sujets qu'il y traita, il fit mention,
ainsi qu'il en était convenu avec Démosthène, de
l'affabilité de Philippe, de sa bonne mine et de
son talent pour boire. Après que Philocrate et
Dercylle, qui lui succédèrent, eurent parlé en
peu de mots, je montai à la tribune. Quand j'y
eus exposé le reste des faits relatifs à notre ambassade, j'arrivai à la question que j'étais convenu
avec mes collègues de traiter. Je dis que Philippe
dans sa réponse avait fait preuve d'éloquence et
de mémoire. Par déférence pour la prière que
Démosthène m'avait faite, j'ajoutai qu'il s'était
chargé de dire sur Amphipolis ce qui aurait pu nous
échapper. Notre rapport terminé, Démosthène
se lève le dernier, et voyant le peuple donner des
marques d'approbation à mon discours, il prend
l'air sombre avec lequel il a coutume de commencer, se frotte le front, et dit qu'il s'étonne
également au sujet des députés et de ceux qui
les écoutent : les uns et les autres perdant, ceux-ci
le temps de délibérer, ceux-là le temps de donner
des conseils, à de frivoles récits sur un étranger,
lorsqu'il faudrait s'occuper des affaires de la République. Selon lui, rien n'était plus facile que
de rendre compte de l'ambassade.

21. Voici, disait-il, ce qu'il y avait à faire.
Il ordonna de lire le décret du peuple. Quand il
fut lu ; c'est d'après ce décret, dit-il, que nous

JAVOTTE.

Comme i nous dit ça de sa bouche !
On diroit qu'c'est un champignon
Qui viant de naître su sa couche ;
C'est un signe de bon luron.

Elle fait suivre cette remarque de réflexions assez singulières
sur les résultats de la résurrection de Jolicœur, et sur la différence qu'il convient d'établir entre la conduite des filles de
l'Opéra-Comique et celle des filles de sa sorte. Ces réflexions
ravissent Jolicœur; son enthousiasme s'en accroît; déjà il ne
trouve plus seulement que Javotte ressemble à Catin, mais
« qu'elle vaut dix fois mieux » qu'elle. Javotte n'y fait pas d'ob-
jection; mais, en fille sinon modeste, du moins reconnais-
sante, elle répond au grivois par un éloge pieux de sa mère.
C'est cette mère, infatigable au travail, qui lui en a fait connaître le prix; c'est elle qui lui disait, après lui avoir bien
expliqué de quelle nature étaient ses occupations :

Ainsi, mon pauv'enfant, travaille,
T'as de quoi, t'es d'la bonne taille,
T'as du minois, de la fraîcheur;
Avec ça on fait son bonheur.

Ce sont ces mêmes qualités qui avaient le plus aidé à adoucir
l'existence si laborieuse de Catin, et c'est pour en avoir fait un
emploi intelligent qu'elle était parvenue à acquérir un petit
bien dont sa fille hérita. Ce bien ne rapportait que cinquante-
trois livres de rente, mais le tuteur de Javotte en dépensait
cent chaque année pour l'administrer, de sorte que les frais
de cette administration eurent bientôt dévoré le capital.

Après ce récit, Javotte répand des larmes que Jolicœur
recogne, en versant à cette bonne fille force rasades. Elle
trouve le vin excellent, mais combien elle regrette que son
pauvre Cadet Vaillant n'en ait pas quelques chopines :

Ça l'i r'mettroit bientôt l'dedans
Qu'est essoufflé, qui pard haleine.

JOLICŒUR.

Comment, Cadet Vaillant, ah, ah !
Dis-nous quel est cet homme-là

JAVOTTE.

Monsieu, on dit qu'c'est mon amant.
Tambour des m'nus plaisirs d'la Reine,
C'est un garçon qui vaut la peine
Qu'on ait pour lui queuque amiqué;
Allez, i sait bian son méqué.
C'est un gayard qu'est sur la hanche,
Et qui porte eune large planche
Qui feroit trembler tout Paris,
Si par malheur il était gris.
J'somm'aveuc lui bian assurée,
Et j'nons pas peur d'être insultée,
Pace qu'il a appris son caquet
Dessous l'tambour-major du guet.

Cet aveu pique la curiosité de Jolicœur; il veut en savoir
davantage, et, Javotte ne se montrant pas disposée à le satis-
faire, il se permet d'élever un doute impertinent sur la fidélité
de Javotte. Celle-ci le toise du regard et lui dit :

Tien, regard'don c't'âme d'limonade
Avec son ton de sérénade ;
Y va tomber en pamoison.
Baillez l'i vite un jus d'citron
Pour l'i réveiller sa pauvre âme ;
Prenez don garde, vlà qu'i s'pâme :
Ce s'roit pourtant un grand malheur
Et eune parte pour la France,
Car je voyons à sa couleur
Que c'est eun homme d'importance.
Eh bien, mon roi, ça revient'i,
Dit' ? voyez comme il est genti !
Si jamais i montoit en graine,
J'en gard'rions l'échantillon,
Pour semer comm'd'la quarantaine,
L'vendredi de la Passion;
J'sis sûr qu'chaq'plan en seroit double.

Cependant Jolicœur commençait à se lasser de cette scène,
lorsqu'un des convives qui s'en amusait beaucoup cherche à
détourner sur soi les traits lancés contre Jolicœur. Pour être
plus sûr de son fait, il se porte envers Javotte à un acte de
brutalité odieuse. Javotte semble se défendre avec vigueur,
mais elle n'en fait que semblant, et assure ainsi au téméraire

blique, et qu'il ne sait que déclamer contre ceux dont il a partagé la table et les libations.

DÉPOSITIONS.

22. Je pense, Athéniens, vous avoir fourni des preuves qui vous convaincront que les négociations pour la paix ont été dirigées non par Philocrate et par Eschine, mais par Démosthène et par Philocrate. Vous êtes vous-mêmes témoins des rapports que j'ai faits à cette tribune, je vous ai présenté les dépositions de mes collègues sur les discours que j'ai prononcés dans la Macédoine et sur les événements de notre voyage; l'accusation de Démosthène que vous avez entendue récemment, est encore présente à votre mémoire, et vous savez qu'il l'a fait remonter jusqu'au discours concernant la paix, que je prononçai à cette tribune. Les mensonges qu'il a avancés dans cette partie de son discours, l'ont jeté dans de bien grandes difficultés. En effet, selon lui, je prononçai ce discours en présence des députés de la Grèce, que le peuple avait invités à se rendre ici, pour prendre part à la guerre contre Philippe, ou à la paix, si on jugeait à propos de la faire. Or, remarquez que Démosthène retranche ici une circonstance, et voyez jusqu'où il porte l'impudence. La date de l'élection des députés que vous envoyâtes dans la Grèce, lorsque nous étions

encore en guerre avec Philippe, celle de leur
départ, et leurs noms sont consignés dans les
archives de la République. Ces députés ne sont
pas en Macédoine, mais au milieu de nous; c'est
le sénat qui décide si les ambassades étrangères
paraîtront devant le peuple. Tu dis donc, Démosthène, que les Grecs avaient envoyé des députés.
Eh bien! monte à l'instant même, en ma place, à
cette tribune, viens nous citer le nom de telle
ville que tu voudras, d'où tu prétends que des ambassadeurs étaient venus, lis-nous les décrets du
sénat qui les concernent, appelle en témoignage
les députés que les Athéniens ont envoyés dans
leurs villes; s'ils déposent qu'ils étaient présents
et non hors du territoire de la République, pendant que nous délibérions sur la paix, ou bien,
si tu fournis la preuve de leur entrée dans le
sénat; si tu nous fais connaître des décrets qui
aient rapport à eux, qui aient été rendus dans le
temps que tu dis, je descends de cette tribune,
et j'accepte la peine de mort. Greffier, lisez ce
que renferme le décret des alliés. Il y est dit
clairement : puisque le peuple Athénien délibère
sur la paix avec Philippe, et que les ambassadeurs
qu'il a envoyés dans la Grèce, pour exciter les
villes à défendre la liberté générale, ne sont pas
encore présents, les alliés ont décidé, qu'aussitôt
après que les ambassadeurs seront de retour et

qu'ils auront rendu compte de leur ambassade
aux Athéniens et à leurs alliés, les prytanes con-
voqueront, ainsi que l'ordonnent les lois, deux
assemblées, dans lesquelles les Athéniens délibé-
reront sur la paix. La résolution qu'adoptera le
peuple athénien sera celle de tous les alliés. Greffier, lisez le décret des alliés.

DÉCRET DES ALLIÉS.

Lisez ensuite le décret contraire rendu sur la
proposition de Démosthène, où il est ordonné
aux prytanes de convoquer, après les fêtes de
Bacchus et l'assemblée tenue dans son temple,
deux assemblées qui se tiendront l'une le dix-
huitième, l'autre le dix-neuvième jour du mois.
Il fixe le temps de ces assemblées et en précipite
la fin, avant le retour des ambassadeurs qui avaient
été envoyés dans les républiques grecques. Le
décret des alliés que j'avoue avoir appuyé par mes
discours, ne vous autorise à délibérer que sur la
paix. Mais celui de Démosthène prescrit de délibérer même sur l'alliance. Lisez-le.

DÉCRET DE DÉMOSTHÈNE.

Vous venez d'entendre, Athéniens, la lecture
de deux décrets, par l'un desquels Démosthène
est convaincu d'avoir affirmé la présence des députés qui étaient absents; par l'autre, d'avoir
rendu nul le décret des alliés que vous aviez l'in-

tention de confirmer. En effet, les alliés avaient
décidé que la République devait attendre les rapports des ambassadeurs envoyés dans la Grèce;
mais Démosthène ne se contenta pas de s'opposer,
par ses discours, à ce qu'on les attendît; par la
plus grande des inconvenances, il changea en un
instant cette partie du décret, et fit décider qu'on
délibérerait sur le champ.

23. Selon Démosthène, le premier jour de
l'assemblée je montai à la tribune après que Philocrate y eut harangué le peuple, et j'y prononçai
un discours contre la paix qu'il conseillait de
conclure, et que je regardais comme honteuse et
indigne de la République; puis le lendemain, me
rangeant de l'avis de Philocrate, j'entraînai l'assemblée qui me combla d'applaudissements, je
persuadai au peuple de ne pas secourir les Grecs,
et de ne pas écouter ceux qui lui parlaient des
combats et des trophées de ses ancêtres. Que ces
faits soient non-seulement faux, mais encore im-
possibles, c'est ce que je prouverai, 1º par le
témoignage de Démosthène lui-même; 2º par
celui des Athéniens qui se les rappellent; 3º par
l'absurdité de cette imputation; 4º par le témoignage d'un citoyen digne de foi, d'Amyntor à
qui Démosthène montra son décret, qui, loin
d'être contraire à celui de Philocrate, lui ressem-
blait entièrement, et qu'il consulta pour savoir

s'il le donnerait au greffier. Lisez-le. Il y est écrit
clairement, que le premier jour de l'assemblée il
serait permis à chacun de donner son avis, et
que le second jour les proèdres recueilleraient les
suffrages, mais qu'on n'y prononcerait pas de discours. C'est dans ce jour que, selon Démosthène,
je me déclarai pour le projet de Philocrate.

DÉCRET DE DÉMOSTHÈNE.

Les décrets restent tels qu'ils ont été votés,
mais les discours des calomniateurs varient selon
les besoins du moment. Mon accusateur m'attribue deux harangues, mais le décret et la vérité ne m'en attribuent qu'une seule. Comment,
en effet, aurais-je pu parler le second jour de
l'assemblée, puisqu'il était défendu de le faire
ce jour-là? Si j'étais partisan de la proposition
de Philocrate, dans quel but l'aurais-je com-
battue le premier jour de l'assemblée, puis,
changeant d'opinion en une nuit, l'aurais-je
appuyée le lendemain en présence des mêmes auditeurs devant qui je l'avais attaquée la veille?
Aurais-je eu en vue d'acquérir de la considération, ou bien d'être utile à Philocrate? Mais,
loin d'atteindre par cette conduite l'un ou l'autre
but, je me serais attiré gratuitement la haine de
tous. Greffier, appelez Amyntor, et lisez sa déposition. Mais avant qu'on la lise, je veux vous
rendre compte de ce qu'elle renferme : Amyntor

dépose pour Eschine, que dans la seconde assemblée, où le peuple délibérait, en exécution d'un décret deDémosthène, sur l'alliance avec Philippe, et où il n'était pas permis de prononcer de discours, mais seulement de donner son suffrage sur la paix et sur l'alliance; Démosthène avait montré à Amyntor, près de qui il était assis, un décret écrit de sa main et portant son nom, et qu'il l'avait consulté pour savoir s'il le donnerait au greffier, afin que celui-ci le présentât au suffrage des proèdres. Dans ce décret de Démosthène, les conditions de la paix et de l'alliance étaient les mêmes que celles qui avaient été proposées par Philocrate. Greffier, faites paraître Amyntor, et s'il refuse de venir, citez-le juridiquement.

DÉPOSITION D'AMYNTOR.

Vous venez d'entendre la déposition, Athéniens; lequel des deux Démosthène vous paraît-il avoir accusé, ou moi, ou lui-même sous mon nom?

24. Mais puisque Démosthène trouve dans ma harangue matière à m'accuser, et qu'il dénature mes paroles, je n'en dissimulerai, je n'en renierai aucune; car, loin d'en rougir, je m'en fais gloire. Je vais vous rappeler les circonstances au milieu desquelles vous délibériez. Amphipolis fut pour nous l'occasion de cette guerre dans laquelle le général de notre armée perdit les soixante-quinze

villes alliées, que Timothée, fils de Conon, avait
conquises et soumises à nos assemblées. (J'ai
résolu, Athéniens, de parler avec franchise et
liberté, et de ne me défendre qu'en disant la
vérité; si vous n'approuvez pas ma résolution,
infligez-moi les traitements les plus rigoureux,
car je ne veux rien dissimuler), de cent-cinquante
vaisseaux avec lesquels il était sorti du port, il
n'en ramena que quarante-huit, ainsi que le
prouvent les discours de ses accusateurs; il dé-
pensa quinze-cents talents, non pour payer les soldats, mais pour fournir au faste des officiers, d'un
Déjarès, d'un Déipyre, d'un Polyphonte, de ces
fugitifs réunis de toutes les parties de la Grèce, et
surtout de ces mercenaires qui tirent leur salaire
de la tribune et des assemblées. Ces hommes se
faisaient payer chaque année par les malheureux
insulaires un tribut de soixante talents, s'empa-
raient sur la mer qui est ouverte à tous les peuples, de nos vaisseaux et des Grecs qui les mon-
taient, en sorte que la république d'Athènes avait
perdu sa dignité et sa suprématie sur toute la
Grèce contre la gloire de Myonnèse et de ses
pirates. Cependant, Philippe quittait la Macédoine
pour nous disputer par les armes, non plus déjà
Amphipolis, mais Lemnos, Imbros, Scyros et
nos autres possessions maritimes. Nos concitoyens
abandonnaient la Chersonnèse qui nous apparte-

nait incontestablement; remplis de crainte et d'alarmes, il nous fallait convoquer plus d'assemblées que les lois ne permettent de le faire. Le désordre de nos affaires et les dangers de la République étaient tels, que Céphisophon, de Poean, un des amis intimes de Charès, fut obligé de vous proposer un décret portant qu'Antiochus irait au plus tôt avec les vaisseaux légers, à la recherche du général qui commandait nos troupes, et qu'il lui dirait, lorsqu'il l'aurait trouvé, que le peuple était surpris d'ignorer, au moment même où Philippe marchait contre la Chersonnèse qui appartenait aux Athéniens, où se trouvaient le général et les troupes qu'il lui avait confiées. Écoutez la lecture du décret qui prouve la vérité de mes assertions; rappelez-vous la guerre, et quant à la paix, demandez-en compte non aux députés, mais aux généraux.

DÉCRET DU PEUPLE, RENDU SUR LA PROPOSITION DE CÉPHISOPHON.

Ce fut dans les circonstances que je viens de vous retracer, qu'on délibéra sur la paix. Alors des orateurs factieux montèrent à cette tribune, non pour y parler des moyens de sauver la République, mais pour vous engager à tourner vos regards vers les portiques de la citadelle, à vous rappeler la bataille de Salamine, vos an-

cêtres, leurs tombeaux et leurs victoires. Pour
moi, je vous dis que, tout en consultant les souvenirs que réveillent ces monuments de vos ancêtres, vous deviez aussi vous rappeler leur prudence pour l'imiter, vous garantir de leurs erreurs
et d'une ambition inopportune; je vous engageai
à imiter la valeur avec laquelle ils combattirent
sur terre à Platée et à Marathon, sur mer à
Salamine et à Artémise, l'intrépidité de Tolmide,
qui, à la tête de mille hommes d'élite, osa
parcourir le Péloponnèse, avec qui nous étions en
guerre; mais je vous détournai d'imiter l'imprudence qu'ils commirent en envoyant une armée
en Sicile pour y secourir les Léontins, tandis que
les ennemis avaient fait une irruption sur notre
territoire et fortifié Décélie; je cherchai à vous
prémunir contre l'irréflexion, qui, lorsqu'ils
eurent été vaincus, leur fit rejeter la paix que
leur proposaient les Lacédémoniens, en leur laissant la possession de l'Attique, de Lemnos, de
Scyros, et la liberté de se gouverner selon leurs
lois, et préférer une guerre qu'ils ne pouvaient
pas soutenir. Alors, le luthier Cléophas, que beaucoup de citoyens se souvenaient d'avoir vu porter
les fers de la servitude, et qui n'avait réussi à se
faire inscrire au nombre des citoyens que par les
moyens les plus honteux, menaçait d'égorger le
premier qui parlerait de faire la paix. Aussi,

Athènes fut-elle réduite à accepter avec joie une
paix, dont les conditions étaient qu'elle abandon-
nerait toutes ses possessions, que ses murs seraient
détruits, qu'elle recevrait une garnison et un gou-
verneur de Lacédémone, et qu'elle céderait son
autorité à trente tyrans qui firent périr, sans
jugement, quinze cents citoyens. Je vous déclarai,
j'en conviens, que vous deviez vous garantir des
imprudences de vos ancêtres, mais aussi je vous
exhortai à suivre leurs exemples que j'avais cités
auparavant. Ce n'était pas de la bouche des étrangers que j'entendais le récit de nos malheurs,
c'était de la bouche même de l'homme auquel je
suis le plus étroitement lié. Car Atromète, mon
père, que tu outrages sans le connaître et sans
savoir quel il fut dans sa jeunesse, toi, Démosthène, qui par ta mère descends des Scythes no-
mades, Atromète, dis-je, s'exila sous les Trente,
et fut un de ceux qui ramenèrent les citoyens qui
s'étaient exilés, et mon oncle maternel, Cléobule,
fils de Glaucus d'Archanie, contribua avec Dé-
ménète, fils de Bozigus, à la victoire navale remportée sur Chilon, qui commandait la flotte de
Lacédémone. J'ai donc pu, de bonne heure et
sans aller loin, me familiariser avec le récit des
malheurs de la République.

25. Tu me reproches la conduite que j'ai tenue
durant mon ambassade en Arcadie, et le discours

que j'y prononçai dans l'assemblée des dix mille
Arcadiens ; tu m'accuses d'avoir changé avec les
conjonctures, toi, aussi vil qu'un esclave fugitif,
dont il ne te manque que de porter les marques.
J'ai fait, pendant la guerre, tous mes efforts pour
soulever contre Philippe les Arcadiens et tous les
peuples de la Grèce, mais aucun d'eux ne venait
au secours de la République ; les uns attendaient
les événements, les autres combattaient avec
notre ennemi contre nous ; dans Athènes, les
orateurs faisaient de la guerre un moyen d'entretenir leur luxe habituel ; alors, je l'avoue, je conseillai au peuple de se réconcilier avec Philippe
et de conclure avec lui une paix ; tu la crois honteuse, toi qui n'as jamais touché aux armes, et
moi, je la regarde comme plus honorable que la
guerre. Il faut, Athéniens, apprécier la conduite
des députés d'après les circonstances où ils se
sont trouvés, et celle des généraux, d'après les
forces qu'ils commandaient. Ce n'est pas aux députés qui annoncent la paix, mais à ceux qui
remportent une victoire, que vous élevez des
statues, que vous accordez des couronnes, des
préséances dans les jeux, des repas dans le prytanée. Si vous rendez les députés responsables des
événements de la guerre, et si vous récompensez
les généraux, vos guerres ne pourront plus ni être
terminées par des traités, ni être déclarées par

des hérauts, car nul ne voudra se charger d'une
mission.

26. Il me reste à parler de Cersoblepte et des
Phocéens, et à répondre aux autres calomnies de
Démosthène. Ce que j'ai vu pendant mes deux
ambassades, je vous l'ai dit comme je l'ai vu; ce
que j'ai entendu, comme je l'ai entendu : mais
qu'ai-je vu, qu'ai-je entendu de Cersoblepte? J'ai
vu, ainsi que mes collègues, le fils de Cersoblepte
en ôtage chez Philippe. Il y est encore à présent.
Dans notre première ambassade, lorsque nous
fûmes sur le point de partir, nous pour Athènes,
Philippe pour la Thrace, ce prince nous promit
de ne pas attaquer la Chersonnèse, durant tout le
temps que vous délibéreriez sur la paix. Le jour
où vous délibérâtes, personne ne fit mention de
Cersoblepte. Déjà nous avions été désignés par les
suffrages pour aller recevoir les serments, mais
nous n'étions pas encore partis pour remplir les
fonctions de cette seconde ambassade, lorsqu'on
réunit une assemblée dont la présidence échut à
celui qui m'accuse maintenant, à Démosthène. Ce
fut dans cette assemblée que Critobule, de Lamp-
saque, vous annonça à la tribune que Cersoblepte
le chargeait de vous dire, qu'il demandait à prêter
serment entre les mains des députés de Philippe,
et à être inscrit au nombre de vos alliés. Après
ces paroles de Critobule, Aléximaque de Pilie

remet aux proèdres un décret portant que l'ambassadeur de Cersoblepte prêterait serment entre
les mains des députés de Philippe avec les autres
alliés. Après la lecture de ce décret (je pense que
vous vous souvenez tous de ce que je vais rap-
porter), Démosthène se lève du milieu des proèdres, déclare qu'il ne proposera pas ce décret à
vos suffrages, qu'il ne veut ni rompre la paix avec
Philippe, ni reconnaître ceux qui veulent être
admis au nombre des alliés, comme ils le sont
aux libations, dans les sacrifices, qu'il faudra
réunir une autre assemblée pour délibérer sur
cette demande. Alors vous vous récriez, vous appelez à la tribune les autres proèdres, et ce décret
fut voté malgré l'opposition de Démosthène. Afin
qu'il soit prouvé que je n'ai rien dit que de vrai,
Greffier, citez Aleximaque qui a proposé le décret,
ainsi que ceux qui étaient proèdres en même
temps que Démosthène, et lisez leurs dépositions.

**DÉPOSITIONS DE CEUX QUI ÉTAIENT PROÈ-
DRES EN MÊME TEMPS QUE DÉMOSTHÈNE.**

27. C'est donc ce Démosthène, à qui naguère
le souvenir de Cersoblepte faisait verser ici des
larmes, qui est convaincu d'avoir fait tous ses
efforts pour l'exclure de notre alliance. Cependant, après la dissolution de l'assemblée, les ambassadeurs de Philippe reçoivent le serment des

alliés au milieu de votre prétoire. Mon accusateur
a eu l'impudence de vous dire que j'éloignai du
serment Critobule, député de Cersoblepte, en
présence des alliés, du peuple dont les suffrages
lui avaient été favorables, et des généraux. D'où
me serait venu tant de puissance ? Qui ne se fût
récrié contre un tel acte ? Et, si j'avais osé l'accomplir, l'aurais-tu souffert, Démosthène ? N'aurais-tu pas rempli la place publique de tes clameurs, en me voyant, comme tu disais dernièrement, éloigner du serment un député ? Que le
héraut appelle les généraux, ainsi que ceux qui
ont été envoyés par les alliés pour prendre part à
nos délibérations. Écoutez leurs dépositions.

DÉPOSITIONS.

N'est-ce pas une chose affreuse, Athéniens,
qu'un homme ose avancer des mensongss aussi
horribles et capables d'entraîner une condamnation capitale, contre un concitoyen, je veux dire
contre votre concitoyen ? N'est-elle pas très-sage
la coutume établie par vos ancêtres, et subsistant
maintenant encore parmi nous, d'après laquelle
l'accusateur qui, dans les affaires capitales jugées
auprès du temple de Pallas, obtient gain de
cause, jure, sur les chairs des victimes, que les
juges, en lui donnant leurs suffrages, les ont donnés à la justice et à la vérité, qu'il n'a rien avancé

qui ne fût vrai, et que, s'il en est autrement, il
appelle sur lui et les siens toute la colère des
dieux, et sur les juges toute sorte de prospérités?
Oui, cette institution est aussi sage que politique.
Car, puisqu'il n'est personne d'entre vous qui ne
se refusât à un meurtre même légitime, ne vous
abstiendriez-vous pas bien davantage d'un meurtre injuste, par lequel vous raviriez à quelqu'un
la vie, la fortune ou l'honneur? On a vu, pour
des faits pareils, quelques hommes se donner la
mort, d'autres périr par un jugement.

28. Ne me pardonnerez-vous pas, Athéniens,
d'appeler Démosthène un homme infâme, dont
le corps tout entier, sans même en excepter l'organe de la parole, est couvert de souillures? Je
vais vous démontrer jusqu'à l'évidence que le
reste de l'accusation concernant Cersoblepte n'est
que mensonge. C'est un usage tout à la fois admirable et très-utile à ceux qui sont accusés à
faux devant vous, que les dates, les décrets et les
noms de ceux qui les ont mis en délibération
soient conservés dans des registres publics.

29. Démosthène vous a dit que j'avais été la
cause de la ruine de Cersoblepte, parce qu'étant
chef de l'ambassade, et mettant à profit votre
bienveillance pour moi, je refusai de suivre le
conseil qu'il me donnait d'aller en Thrace, dans
le temps où Cersoblepte y était assiégé, pour

faire des représentations à Philippe, et que je
séjournai à Orée avec mes collègues pour y faire
des amis. Écoutez donc la lecture de la lettre que
Charès écrivit au peuple, pour lui annoncer que
Cersoblepte avait perdu son royaume, et que
Philippe s'était emparé du Mont Sacré, le sixième
jour de la dernière partie du mois d'élaphébolion.
Démosthène, qui était un des députés, présidait
l'assemblée, le septième jour de la fin du même
mois.

LETTRE.

Non-seulement nous passâmes le reste de ce
mois à Athènes, mais même, nous n'en partîmes
que dans le mois de munychion. C'est le sénat qui
me fournira la preuve de ce que j'avance, car il
y a de lui un décret qui ordonne aux députés de
partir pour aller recevoir les serments. Greffier,
lisez-le.

DÉCRET.

Lisez aussi la date du jour où il fut rendu.

DATE.

Vous l'entendez, il fut rendu le troisième jour
de munychion. Or, combien se passa-t-il de jours
depuis celui où Cersoblepte perdit son royaume,
jusqu'à celui de mon départ? Le mois d'élaphébolion, précédant le mois de munychion, ce mois
était écoulé avant que je fusse parti. C'est ce que

prouve Charès et la lettre qu'il a écrite. Était-il
donc en mon pouvoir de sauver Cersoblepte,
puisqu'il était perdu avant que j'eussse quitté
Athènes? Croyez-vous qu'il ait dit la vérité sur
ce qui s'est passé en Macédoine, en Thessalie,
celui qui a avancé tant de faussetés, malgré le
témoignage du sénat, des registres publics, des
dates, des assemblées? Tu interdis notre alliance
à Cersoblepte dans le temps où tu es proèdre, tu
prends pitié de lui quand il est à Orée. Tu m'accuses de vénalité; et toi, tu as été condamné à
une amende par l'aréopage pour n'avoir pas soutenu l'accusation que tu avais portée contre ton
cousin Démomète, fils de Pæan, pour une bles-
sure à la tête que tu t'étais faite toi-même. Tu
affectes une grande élévation de sentiments,
comme si nous ne te connaissions point pour le
bâtard d'un armurier.

30. Tu as cherché à prouver que j'ai prévariqué dans l'ambassade vers les amphictyons,
ambassade que j'avais refusée. De deux décrets,
tu as lu l'un et supprimé l'autre. Quand je fus
nommé député, je me trouvais indisposé; je ne
m'empressai pas moins de rendre compte de la
mission que je venais de remplir. Mais je n'ai pas
refusé l'ambassade; j'ai promis de m'en acquitter
dès que cela me serait possible. Au départ de mes
collègues, j'envoyai au sénat mon frère, avec

mon beau-frère et mon médecin , non pour
refuser l'ambassade , car la loi ne permet pas de
refuser, devant le sénat , une commission donnée
par le peuple ; mais pour constater mon état de
maladie. Les autres députés ayant appris en chemin les malheurs de la Phocide , revinrent sur
leurs pas ; une nouvelle assemblée eut lieu ; ma
santé me permit d'y assister. Comme le peuple
pressait le départ de tous les députés qui avaient
été choisis d'abord , je ne crus point devoir chercher un prétexte pour m'y refuser. Tu ne parles
pas de cette ambassade, dont je rendis compte, tu
en attaques une autre , celle des serments. Je vais
me défendre sur ce dernier point par des preuves
aussi claires que solides. Ce que tu as de commun
avec tous les imposteurs , c'est de renverser
l'ordre des temps ; je vais le rétablir en commen-
çant par l'ambassade des serments. Nous étions
dix députés, un onzième nous fut envoyé de la
part des alliés. Connaissant les piéges que Démosthène avait tendus à ses collègues dans la
première ambassade , aucun de nous ne voulait
manger avec lui ; nous cherchions même , autant
que possible , à ne pas loger en route sous le
même toit. Quant au voyage de la Thrace , il
n'en était pas question. Le décret ne l'ordonnait
pas, il nous enjoignait seulement de recevoir le
serment de Philippe : et quand même nous au-

rions voulu nous transporter en Thrace, la peine
eût été inutile, car le sort de Cersoblepte était
déjà décidé, comme vous l'avez appris. Toute
cette partie du discours de mon adversaire, n'est
qu'un tissu d'impostures; comme il n'avait rien de
solide à m'objecter, il a eu recours au mensonge.

31. Il était suivi de deux hommes porteurs de
ses malles, dans l'une desquelles il y avait, disait-il, un talent d'argent. Les autres députés se
rappelaient à cette occasion les surnoms qu'on
lui donnait autrefois. Dans son enfance, sa conduite infâme lui valut celui de Batalus. Au sortir
de cet âge, il intenta un procès à ses tuteurs et les
fit condamner à dix talents, ce qui lui fit donner
le nom d'Argas; parvenu à l'âge viril, il fut,
comme tous les méchants, appelé sycophante.
Mais, comme il le disait, et comme il vient de le
répéter devant vous, il faisait le voyage dans l'intention de racheter les captifs : cependant il savait
bien que Philippe n'exigeait aucune rançon des
Athéniens, prisonniers de guerre; de plus, il
avait appris des amis de Philippe, que le roi renverrait les prisonniers aussitôt que la paix serait
conclue. D'ailleurs, pour le rachat de tant de
malheureux, il n'avait qu'un seul talent, et
c'était de quoi racheter un seul, encore fallait-il
qu'il ne fût pas bien riche.

32. Arrivés et réunis dans la Macédoine, et

informés que Philippe était de retour de la Thrace,
nous fîmes lecture du décret qui nous avait envoyés en ambassade, nous entretenant en même
temps des ordres donnés par le peuple, outre la
mission qu'il nous avait confiée, de recevoir le
serment de Philippe. Personne ne touchant aux
points essentiels, et chacun s'arrêtant à de moins
importants, je fis à mes collègues des observa-
tions qu'il est nécessaire de vous rappeler ici. Au
nom des dieux, Athéniens, accordez aux détails
réguliers de la défense la mesure d'attention que
vous avez donnée au désordre de l'accusation ;
écoutez-moi avec la bienveillance dont vous
m'avez honoré dans d'autres occasions. Je dis
donc, Athéniens, à mes collègues réunis, qu'ils
me semblaient ignorer totalement l'ordre le plus
important du peuple. Car recevoir les serments
de Philippe, traiter du rachat des prisonniers, et
discourir sur d'autres objets politiques, c'étaient
autant de choses qu'auraient pu faire d'autres
députés quelconques, envoyés par la République
et investis de sa confiance ; mais délibérer sur les
grands intérêts de la République et de Philippe,
c'était l'affaire d'habiles négociateurs. Je veux
parler, disais-je, de l'expédition des Thermopyles, dont vous voyez les préparatifs. Je vais
vous montrer par des preuves convaincantes que
mes conjectures sont bien fondées. Les députés

de Thèbes sont déjà ici, ceux de Lacédémone arrivent. Quant à nous, nous sommes venus avec un décret du peuple qui nous ordonne d'agir pour le mieux. Tous les Grecs ont les yeux ouverts et sont attentifs au résultat de nos négociations. Si le peuple avait jugé à propos de demander ouvertement à Philippe qu'il réprimât l'insolence des Thébains, et qu'il rétablît les villes de la Béotie, il l'aurait demandé dans son décret. Mais non, le peuple a voulu se ménager une excuse pour le cas d'un refus de la part de Philippe (1), et il nous a laissé à nous tout le risque de cette négociation. Si donc nous aimons sincèrement notre patrie, nous devons faire plus que n'auraient pu faire d'autres députés envoyés par le peuple d'Athènes, nous devons déclarer notre haine pour les Thébains. Épaminondas, leur général, n'a pas craint de blesser la dignité des Athéniens, en disant publiquement qu'il fallait abattre les portiques de notre citadelle, et les faire servir d'ornement à celle de Thèbes (2).

33. Ici, je fus interrompu par les clameurs de Démosthène, comme le savent tous nos députés,

---

(1) Ἂν μὴ πείθωσιν, c'est-à-dire, si les députés ne parviennent pas à déterminer Philippe à réprimer l'insolence des Thébains, et à rétablir les villes de la Béotie. (MARKLAND).

(2) Épaminondas ne peut être ce général si célèbre dans l'histoire; ou si c'est lui, Eschine veut dire qu'il a dit cela autrefois, puisque ce général n'existait plus alors.

car il joint à tous ses autres torts, celui de favoriser les Béotiens. Voici donc ce qu'il disait : Cet
homme est un téméraire artisan de troubles :
quant à moi, j'avoue être timide et redouter le
péril lors même qu'il est encore éloigné : mon
avis serait de ne pas brouiller ensemble les deux
républiques, et de ne point agir inconsidérément.
Philippe ira aux Thermopyles, je n'en suis pas
responsable, personne ne me jugera sur les hos-
tilités de notre ennemi ; mais j'aurai à répondre
sur ce que j'aurai dit ou sur ce que j'aurai fait
contrairement aux ordres qui nous sont donnés.
Enfin, nos collègues décidèrent que chacun de
nous, quand il serait interrogé, émettrait l'avis
qui lui semblerait le plus expédient. En preuve
de la vérité de mes paroles, appelez les députés
et lisez leurs témoignages.

TÉMOIGNAGES.

34. Dès que toutes les députations furent réu-
nies à Pella en présence de Philippe, le héraut
nous appela les premiers; nous nous présentâmes,
non par rang d'âge, comme dans notre première
ambassade, selon l'usage de quelques peuples,
usage qui pouvait faire honneur à notre République, mais comme il plut à cet impudent Démosthène. Tout en disant qu'il était le plus jeune,
il ne laissa à personne la faculté de parler le pre-

mier. Il ne voulait pas qu'un autre député (c'était moi qu'il désignait), s'emparât de l'attention de Philippe, pour ne plus laisser la parole aux autres. Il commença son discours par inculper ses collègues, disant qu'ils n'avaient pas tous la même mission ni la même opinion. Il détailla ensuite les services rendus par lui à Philippe. Premièrement, il avait défendu Philocrate, accusé d'avoir violé les lois dans un décret où il permettait à Philippe d'envoyer des députés pour la paix. Secondement, il lut un décret dont il était l'auteur, en vertu duquel on devait conclure un traité avec le héraut d'armes et les députés de Philippe. En troisième lieu, il lut un second décret qui ordonnait au peuple de délibérer sur la paix dans un temps limité. Il ajouta qu'en agissant ainsi, il avait prétendu fermer la bouche à ceux qui voulaient éloigner la paix moins par leurs paroles que par leurs lenteurs. Il produisit ensuite un autre décret en vertu duquel on devait délibérer aussi sur l'alliance. Enfin, il lut le décret qui accordait aux députés de Philippe la préséance au spectacle. Il ne manqua pas d'y ajouter les attentions qu'il eut pour eux, le soin qu'il prit de les fournir de coussins, de se constituer leur garde, de veiller pour leur sûreté en dépit des envieux, qui voulaient lui faire honte de son assiduité. Il dit des choses si ridicules que les autres

députés en étaient confus et se couvraient la
face. Il fit valoir la manière dont il avait reçu et
traité ces mêmes députés ; comme, à leur départ,
il loua deux attelages de mules, comme il les ac-
compagnait à cheval, non pas en secret, comme
quelques autres ont fait, mais en public, tant
était grande son ardeur à servir leur maître. Il
mit aussi des correctifs à ses discours de la tribune. Je n'ai pas parlé, disait-il, de ta beauté,
c'est le mérite d'une femme. Je n'ai pas dit que
tu fusses un intrépide buveur, c'est le propre
d'une éponge. Je n'ai pas fait mention de ta mémoire, c'est un talent de rhéteur. Voilà comme
parla Démosthène en présence des députés de
presque toute la Grèce, qui ne purent s'empêcher
d'éclater de rire.

35. Lorsqu'il eut fini son discours, et que le
silence fut rétabli, je me vis, après des propos si
déplacés, après des flatteries si déshonorantes et
si outrées, forcé de prendre la parole. Je dus ne
répondre que succinctement aux invectives contre
nos députés, et dire que le peuple d'Athènes ne
nous avait pas envoyés pour faire notre apologie
en Macédoine; qu'il connaissait notre conduite,
et qu'il nous avait jugés dignes de représenter la
République. Je parlai en peu de mots, des serments que nous étions venus recevoir, dévelop-
pant en même temps quelques articles dont vous

nous aviez ordonné d'entretenir le roi. Car Démosthène, cet orateur si fécond et si éloquent,
avait oublié les choses les plus essentielles. Je
parlai ensuite de l'expédition de Pyles, des droits
sacrés, du temple de Delphes et des Amphictyons.
Je priai surtout Philippe de ne rien décider par
la force des armes, mais par le droit des suffrages.
En supposant que cela fût impossible, et cela
l'était réellement, puisque son armée était réunie
et prête à marcher, je lui représentai, qu'ayant à
délibérer sur les affaires religieuses de la Grèce,
il devait faire preuve de zèle à cet égard, et
écouter ceux qui voulaient l'instruire des usages
antiques. Je remontai ensuite jusqu'à l'origine
des choses, je lui exposai la manière dont le
temple a été bâti, et les premières assemblées des
Amphictyons. Je lui fis lecture du serment que
les anciens Grecs avaient fait de ne jamais détruire aucune ville amphictyonique, de n'arrêter
jamais le cours des eaux, ni dans la paix, ni dans
la guerre, de marcher contre tout peuple qui
agirait contrairement à ces dispositions, et de
détruire ses villes ; et si quelqu'un commettait,
tolérait ou conseillait un sacrilége, de s'y opposer
du pied, de la main, de la voix, de venger le
dieu par tous les moyens en leur pouvoir. Je lus
aussi les imprécations terribles dont ce serment
est accompagné.

36. Après cette lecture, je dis à Philippe qu'il
me semblait juste de relever les villes de la Béotie
qui sont amphictyoniques et comprises dans le
serment. J'énumérai les douze peuples qui ont
droit à l'assemblée de Delphes : les Thessaliens,
les Béotiens (non pas les Thébains tout seuls), les
Doriens, les Ioniens, les Perrhébiens, les Magné-
siens, les Locriens, les Œtéens, les Phthiotes, les
Maléens, les Phocéens. Je lui montrai que chaque
nation avait un droit égal, la plus faible comme
la plus puissante ; que sous ce rapport les Doriens
et les Cytiniens étaient égaux aux Lacédémoniens,
comme le sont aux Athéniens, les peuples d'Ery-
thrée et de Priène, et ainsi des autres, chaque
nation ayant deux suffrages. Le principe de cette
guerre, disais-je, doit être fondé sur la justice.
Les Amphictyons étant rassemblés dans le temple,
avec un droit égal de parler et de voter, il faut
mettre en jugement les auteurs de l'invasion du
temple, mais non pas leur patrie ; il faut punir
ceux qui ont pris une part effective à ce sacrilége,
ou qui l'ont conseillé, et ne pas inquiéter les
villes qui livreraient les coupables. Si, employant
la force des armes, disais-je encore à Philippe,
vous confirmez l'injustice des Thébains, vous ne
recueillerez aucune reconnaissance d'un pareil
bienfait. Jamais vous ne pourriez surpasser les
services qu'ils ont reçus des Athéniens ; et pour-

III.   **29**

tant ils les ont oubliés. Vous blesserez profondément les peuples que vous aurez abandonnés, et,
bien loin d'en faire des alliés, vous trouverez en
eux de plus grands ennemis. Mais pour ne pas
m'arrêter trop longtemps sur ce que je disais à
Philippe, et que je viens de répéter devant vous,
je vais me résumer, et conclure. La fortune et
Philippe étaient maîtres de toutes les opérations,
moi je ne l'étais que de mon patriotisme et de
mes paroles. Tout ce que j'ai dit était juste et
utile. Les événements ont répondu, non à nos
vœux, mais à ceux de Philippe. Lequel mérite
donc le plus votre estime, celui qui n'a rien voulu
faire pour vous, ou celui qui a fait tout ce qui
était en son pouvoir? La circonstance actuelle
m'oblige à supprimer beaucoup de détails.

37. Démosthène m'accuse d'avoir trahi la vérité, en disant qu'en peu de jours Thèbes serait
humiliée, et d'avoir alarmé les Eubéens, en vous
amusant de vaines espérances. Connaissez, Athéniens, la fourberie de cet homme. Quand j'étais
près de Philippe, je lui déclarai que Thèbes me
semblait faire partie de la Béotie, et non la Béotie
de Thèbes, et je vous instruisis à mon retour de
ce que j'avais dit à Philippe. Lui, il prétend que
je n'ai pas seulement annoncé, mais que j'ai promis. Je vous ai dit que Cléocharès de Chalcide
était étonné de notre prompte union avec Phi-

lippe, comme de l'ordre que vous nous aviez
donné dans le décret, de faire tout ce qui serait
en notre pouvoir. Car les citoyens de ces petites
républiques redoutent la politique secrète des
grandes. Démosthène prétend que ce ne sont pas
là les paroles que j'ai rapportées ; mais que je
vous ai fait la promesse formelle que l'Eubée vous
serait remise. Pour moi, j'ai cru qu'une république qui avait à délibérer sur les grands intérêts
de la Grèce, ne devait ignorer aucun propos tenu
par les Grecs.

38. Il nous calomnia de nouveau, en disant dans
son enthousiasme que, voulant annoncer la vérité,
il en a été empêché par moi et par Philocrate.
Mais, je vous demande, si jamais député d'Athènes
a été empêché de rendre compte de sa mission ?
Et, si nous lui avions fait cet affront, nous aurait-il
décerné des éloges dans un décret, nous aurait-il
invités à un repas public ? Démosthène, en revenant de la dernière ambassade, où il prétend que
les affaires de la Grèce ont été ruinées, ne s'est
pas contenté de nous décerner des éloges par un
décret ; mais lorsque je rapportais les discours
que j'avais tenus au sujet des Amphictyons et des
Béotiens, non en abrégé et à la hâte, comme je
le fais maintenant, mais dans leurs plus grands
détails, lorsque je recevais les applaudissements
du peuple, Démosthène, dont je réclamai le té-

moignage avec celui des autres députés, et à qui je
demandai si je rapportais fidèlement ce que j'avais
dit à Philippe, Démosthène, dis-je, se leva après
tous les autres qui m'avaient rendu témoignage,
et dit que j'avais parlé bien mieux en Macédoine
que je ne parle maintenant. Vous, mes juges, qui
devez prononcer dans cette cause, vous m'êtes
témoins de ce que j'avance. Mais, si j'avais trompé
la République, pouvait-il trouver une occasion
plus favorable pour me convaincre de mon im-
posture?

39. Tu dis n'avoir pas remarqué, lors de ma
première ambassade, que j'eusse conspiré contre
ma patrie, mais seulement dans la seconde, pour
laquelle tu m'as décerné des éloges. Tu attaques
toutes les deux à la fois, quoique tu fasses semblant de n'en vouloir qu'à la dernière, celle des
serments. Et tu blâmes la paix, toi qui as proposé
une alliance! Si Philippe a trompé la République,
s'il a été peu sincère envers nous, ce fut pour
obtenir une paix qui lui était avantageuse. Il était
question de cette paix dans la première ambassade, mais elle était faite quand la seconde eut
lieu. Où sont donc mes impostures? Vous pouvez
juger de la méchanceté de cet homme d'après ses
propres paroles.

40. Il m'accuse d'avoir traversé pendant la
nuit le fleuve Lydias pour aller trouver Philippe,

et d'avoir composé la lettre que le Roi vous a
envoyée. Ainsi, Léosthène, que des calomniateurs
avaient fait exiler, n'était pas capable de composer une lettre, Léosthène, que quelques citoyens
ne craignent pas d'appeler le premier des orateurs
après Callistrate ; Philippe, que Démosthène n'a
pas osé contredire en face, n'était pas capable de
la composer lui-même. Il ne pouvait pas en laisser
le soin à Python qui se pique de bien écrire.
Non, cette œuvre réclamait ma plume, Tu me
reproches de m'être souvent entretenu pendant le
jour en particulier avec Philippe, et tu m'accuses
d'avoir été le trouver la nuit, tant il importait
que cette lettre fût écrite de nuit. Mais pour
prouver la fausseté de ces allégations, je vais
produire le témoignage d'Aglaocréon de Ténédos,
et d'Iatroclès, fils de Pasiphon, avec lesquels j'ai
vécu pendant tout le temps que je suis resté en
Macédoine. Ils savent que je ne me suis pas ab-
senté une seule nuit, ni même une seule partie de
la nuit. De plus, j'ai amené mes esclaves, je per-
mets de les mettre à la question, je vais inter-
rompre mon discours, si l'accusateur y consent.
On les mettra a la torture devant vous, si vous le
permettez (1). Onze heures nous sont accordées

---

(1) On voit combien, dans ce pays de liberté, on se jouait des
hommes = Παρέσται ὁ δήμιος, *le bourreau est présent.* Nous n'avons
pas voulu traduire ce mot, si révoltant dans notre langue.

pour nos débats, ainsi nous avons le temps de
faire ces épreuves. Si mes esclaves déclarent, au
milieu de leurs tortures, que j'ai découché une
seule fois, ne m'épargnez plus, levez-vous, et
donnez-moi la mort sur le champ. Si, au contraire, Démosthène, tu es convaincu de mensonge,
voici la peine que j'exige, tu avoueras devant nos
citoyens que tu es un efféminé, et non un homme
de cœur. Appelez les esclaves à cette tribune, et
lisez les témoignages des députés.

TÉMOIGNAGES, APPEL.

Puisque Démosthène refuse mes offres, et qu'il
ne veut pas se compromettre par le témoignage
des esclaves mis à la torture, prenez la lettre que
Philippe nous a adressée. Car une lettre qui a
coûté des veilles doit compromettre les grands
intérêts de la République.

LETTRE.

Vous entendez, Athéniens, ce que dit la lettre.
« J'ai prêté serment entre les mains de vos dé-
« putés ; j'ai inscrit le nom de mes alliés qui
« étaient présents, avec celui de leurs villes. »
Il vous enverra, dit-il, le nom des alliés qui sont
venus trop tard. Croyez-vous que Philippe n'eût
pu écrire cette lettre le jour et sans moi ? Certes,
si je ne me trompe, Démosthène en parlant ainsi
n'avait d'autre but que de faire briller son talent

oratoire. Il n'a pas pensé que quelques moments après, il serait convaincu d'être le plus perfide de tous les Grecs.

41. Quelle créance pourra-t-on encore accorder à cet homme, qui s'est efforcé de prouver que l'arrivée de Philippe aux Thermopyles était dûe non à ses armes, mais à mes discours; qui a osé supputer les jours où j'ai fait le rapport de notre ambassade, où les hérauts de Phalécus, tyran de la Phocide, racontaient dans leur pays ce qui se passait à Athènes, et où les Phocéens, s'en rapportant à mes paroles, ont reçu Philippe aux Thermopyles et lui ont livré leurs villes. Ce sont là autant de griefs forgés par mon accusateur. Ce qui a ruiné les affaires de la Phocide, c'est la fortune qui est maîtresse de tout, c'est la durée de la guerre qui a été de dix ans. Ce qui a fait la puissance des tyrans de la Phocide, a détruit le pays. Ils ont fondé leur pouvoir sur l'injustice, en portant une main sacrilége sur les trésors du temple, et en se servant de cet argent pour solder des troupes étrangères, et ils sont tombés aussitôt après l'épuisement de ces ressources. Ce qui a ruiné la Phocide en troisième lieu, ce sont les divisions, suites inévitables de la détresse. Une quatrième cause, ce fut l'ignorance de Phalécus, incapable de lire dans l'avenir. Car, un peu avant que vous fissiez la paix, l'armée des Thessaliens et

de Philippe était en présence, lorsqu'arrivèrent des députés de la Phocide pour vous supplier de venir à leur secours, promettant de vous abandonner Alpone, Thronium et Nicée, villes qui dominent le passage des Thermopyles. Comme vous aviez décidé de faire remettre ces places à Proxène, votre général, d'équiper cinquante vaisseaux, et de les faire monter par l'élite de notre jeunesse, les tyrans, au lieu de livrer ces places à Proxène, mirent en prison les députés qui vous les avaient offertes, et les Phocéens furent les seuls Grecs qui n'acceptèrent pas le sauf-conduit offert par les féciaux pour les mystères de Cérès. Enfin, ils refusèrent le secours d'Archidame, roi de Lacédémone, qui était disposé à protéger leurs villes, en lui disant qu'ils craignaient encore plus la perfidie de Sparte que leurs propres dangers. Quant à vous, vous n'aviez encore rien conclu avec Philippe; mais le même jour où vous délibériez sur la paix, vous reçûtes une lettre de Proxène qui vous mandait le refus des Phocéens de livrer les places; en même temps les féciaux vous annoncèrent que, seuls d'entre les Grecs, les Phocéens n'acceptaient pas le sauf-conduit, et qu'ils avaient emprisonné les députés qui étaient venus vous parler. En preuve de la vérité de mes assertions, faites paraître les féciaux et les députés envoyés par Proxène dans la Phocide, Callistrate et Mé-

tagène, et entendez la lecture de la lettre de ce
général.

Vous le voyez, Athéniens, par les dates que
nous venons de lire sur les registres publics, et
par la déposition des témoins avant mon départ
pour la troisième ambassade, Phalécus, tyran de
la Phocide, se défiait de vous et des Lacédémoniens, et avait toute confiance en Philippe. Mais
n'y avait-il que lui qui ignorât l'avenir? Quelles
étaient nos dispositions à cette époque? Ne nous
attendions-nous pas tous à voir les Thébains humiliés par Philippe, témoin de leur audace, et
nullement disposé à augmenter la puissance d'un
peuple perfide? Les députés de Lacédémone n'a-
gissaient-ils pas de concert avec nous contre les
intérêts de Thèbes? Et dernièrement encore,
n'ont-ils pas attaqué ouvertement en Macédoine,
n'ont-ils pas menacé les députés de Thèbes? Ces
derniers n'étaient-ils pas inquiets et alarmés? Les
Thessaliens ne se sont-ils pas moqués des autres,
persuadés que l'expédition tournerait à leur avantage? Quelques courtisans de Philippe n'ont-ils
pas assuré expressément à plusieurs de nos concitoyens, que leur maître rétablirait les villes
de la Béotie? Les Thébains, remplis de défiance,
n'ont-ils pas mis en campagne une nombreuse
armée? Philippe ne nous avait-il pas écrit une

lettre par laquelle il nous engageait à déployer toutes nos forces pour défendre les droits de la justice? Vos ministres, qui se passionnent aujourd'hui pour la guerre, et qui traitent de lâcheté les dispositions pacifiques, n'ont-ils pas empêché votre armée de partir, quoique vous eussiez conclu la paix et l'alliance? Ils craignaient, disaient-ils, que Philippe ne prît nos soldats comme ôtages.

42. Est-ce moi qui ai empêché le peuple d'imiter ses ancêtres? ou plutôt, n'est-ce pas toi et tes complices qui conspiriez contre le bien de la République? Était-il plus sûr et plus honorable pour Athènes de prendre les armes, lorsque les Phocéens, transportés par leur audace (1), combattaient contre Philippe; lorsqu'ils possédaient encore Alpone et Nicée, places que Philippe n'avait pas encore livrées aux Macédoniens, et qu'ils refusaient le sauf-conduit pour les mystères que nous leur offrions dans l'intention de les secourir; lorsque, nous unissant au roi de Macédoine qui nous avait mandés, et avec qui nous avions formé une alliance, nous aurions laissé les Thébains derrière nous; enfin, lorsque les Thessaliens et les autres Amphictyons étaient sous les

---

(1) Ἐν τῇ μανίᾳ, par cette *fureur*, il faut entendre l'audace que les Phocéens ont montrée à cette époque.

armes? Cette dernière occasion n'était-elle pas
plus favorable que celle où, par lâcheté et par
jalousie, nous avons retiré nos meubles de la campagne. Je m'étais alors transporté vers l'assemblée
des Amphictyons pour la troisième fois. Tu as
osé dire que je m'étais chargé de cette ambassade
sans avoir été désigné par le peuple. Mais, malgré
ta haine envenimée, tu ne m'as jamais poursuivi
pour ce crime qui est capital. Et certes tu n'agis
pas avec parcimonie, quand tu peux me faire
infliger des peines.

43. Les Thébains étaient donc sur les lieux, et
faisaient leurs demandes; la ville d'Athènes, dé-
pourvue de troupes, était alarmée par ta faute;
les Thessaliens s'étaient joints aux Thébains par
notre imprudence, et à cause de leur haine invé-
térée contre les Phocéens, qui avaient fait fouetter
autrefois leurs ôtages (1). Phalécus avait fait ses
conditions, et s'était retiré avant mon arrivée,
avant celle d'Étienne, de Dercyle et des autres
qui étaient députés vers les Amphictyons. Les
habitants d'Orchomène, effrayés, demandaient

---

(1) Plutarque fait allusion à ce passage, et nous en donne le sens.
Dans son traité, *de Virtutibus Mulierum*, il dit que les Phocéens
ont tué tous les gouverneurs thessaliens qui se trouvaient dans les
villes de la Phocide, et qu'ils ont fait fouetter, καθηλόησαν, *obtrive-
runt aut flagris ceciderunt*, les ôtages qu'ils tenaient des Thessaliens.

à sortir de la Béotie la vie sauve : ce qui leur fut
accordé, quoique les députés de Thèbes fussent
présents, quoique les Thébains et les Thessaliens
eussent manifesté ouvertement à Philippe la peine
qu'ils ressentaient d'une telle facilité. Ce fut alors
que les affaires furent ruinées. La faute n'en est
pas à moi ; elle est dûe à ta trahison, à tes liaisons
avec les Thébains. Je vais vous en fournir des
preuves bien convaincantes.

44. S'il y avait quelque chose de vrai dans ce
que tu as dit, les exilés de la Béotie et de la Phocide, dont j'aurais chassé les uns, empêché le
retour des autres, seraient venus m'accuser ; mais
non, considérant ma bonne volonté, sans faire
aucune attention à leurs malheurs, les exilés de
la Béotie se sont réunis pour me rendre témoignage, et il arrive de toutes les villes de la Phocide, des députés à qui j'ai sauvé la vie dans ma
troisième ambassade. Les Œtéens voulaient qu'on
fît périr toute leur jeunesse. J'obtins pour eux la
faveur de paraître devant les Amphictyons et de
plaider leur cause. On avait accordé à Phalécus la
faculté de se retirer, les innocents allaient périr,
je pris leur défense, et leur sauvai la vie. Pour
vous convaincre de ma véracité, appelez le Pho-
céen Mnason, les députés ses collègues et ceux
qui ont été choisis députés parmi les exilés de la
Béotie. Paraissez devant cette tribune, Lipare et

Pythion, et rendez-moi à votre tour le service que je vous ai rendu en vous sauvant la vie.

SUFFRAGES DES BÉOTIENS ET DES PHOCÉENS.

Ne serais-je pas bien malheureux d'être condamné, quand je suis accusé par Démosthène, l'ami des Thébains, le plus méchant des Grecs, et défendu par les Béotiens et les Phocéens ?

45. Il a osé dire que je suis confondu par mes propres paroles. Dans son accusation contre Timarque, disait-il, il a cité en témoignage la renommée, qui publie sa honte, et dont Hésiode, excellent poète, parle en ces termes :

La Renommée, formée par la voix des peuples, ne périt jamais ; elle est une déesse, elle ne meurt pas.

Or, cette même déesse, a-t-il ajouté, s'élève aujourd'hui contre toi, car tous savent que tu as reçu de l'argent de Philippe. Mais vous savez très bien, Athéniens, qu'il y a une grande différence entre la renommée et la calomnie. La renommée n'a rien de commun avec la médisance, tandis que la calomnie en est la sœur. Je vais caractériser nettement l'une et l'autre. La renommée est le témoignage unanime, spontané, désintéressé, de tout un peuple à l'appui d'un fait ; la calomnie est le rapport d'un seul homme, dont les fausses imputations diffament un citoyen devant le peuple, dans les assemblées, et dans le sénat. Nous sacrifions à la renommée, comme à toute autre déesse ; mais nous poursuivons publiquement (1) le calomniateur. Ne confonds donc pas ce qu'il y a de plus beau avec ce qu'il y a de plus vil.

46. Mais ce qui m'a le plus indigné dans son accusation, c'est qu'il m'a reproché d'avoir été traître à la patrie. Il fallait donc me faire passer en même temps pour un homme féroce, sans affection, et souillé de toutes sortes de crimes. Vous avez été témoins de ma vie et de ma conduite journalière, je pense que cela me suffit ; mais ce qui échappe à la connaissance du public, ce qui est infiniment cher à toute âme honnête, je vais le produire à vos yeux avec un légitime orgueil : vous verrez quels gages je laissais à Athènes, quand je partis pour l'ambassade de Macédoine. Tu m'as, Démosthène, attaqué sous ce rapport : je vais donc dire comment j'ai été élevé. Mon père Atromète que voici, est presque le plus âgé de tous les citoyens. Il a atteint sa quatre-vingt-quatorzième année. Dans sa jeunesse, avant d'avoir perdu son bien par la guerre, il exerçait la profession d'athlète. Chassé par les Trente Tyrans, il servit en Asie, et se distingua dans les combats. Il tire son origine de cette curie

---

(1) Προβολὰς, *poursuites* qu'on dirigeait contre les calomniateurs.

qui a les mêmes autels que la famille des Éléo-
bontades, dans laquelle on choisit la prêtresse de
Minerve. Il a, comme je l'ai dit déjà, contribué à
ramener le peuple fugitif. Tous les parents de ma
mère sont libres, cette mère infortunée dont je
me figure l'inquiétude et les alarmes sur mon
sort. Et il faut te le dire, Démosthène, ma mère
a suivi son mari exilé par les Trente Tyrans, et a
eu sa part de tous les malheurs publics. Toi qui
prétends être un homme, je doute qu'on puisse
te donner ce nom, tu as été accusé de désertion,
et tu n'as échappé au jugement qu'en donnant
une somme d'argent pour fermer la bouche à Nicodème d'Aphnide. Plus tard, tu as assassiné avec
Aristarque ce même Nicodème, et tu n'as pas
craint de paraître dans la place publique, les
mains encore souillées de sang. Philicharès, mon
frère aîné, ici présent, ne s'est pas livré à des
exercices déshonnêtes, comme tu le dis méchamm-
ment, il a passé sa vie dans les gymnases, et a
servi sous Iphicrate, et depuis trois ans il com-
mande dans les armées. Il est venu ici pour vous
prier de m'épargner. Mon jeune frère, Alphobète,
que voilà, a été envoyé en ambassade chez le roi
de Perse, et a dignement rempli sa mission.
Chargé de recueillir les deniers publics, il s'est
montré juste et intègre. Il a laissé à la société des
enfants légitimes, et n'a pas, comme tu as fait,

Démosthène, indignement livré sa femme à Cno-
sion; il se présente supérieur à tes injures, car
de pareils traits de calomnie ne sauraient pénétrer
au-delà de l'oreille.

47. Tu as osé attaquer ceux avec lesquels je
suis uni par alliance, ton impudence et ton ingratitude sont allées au point de ne plus chérir,
de ne plus respecter Philodème, père de Philon
et d'Epicrate, qui t'a fait mettre au rang des citoyens, comme le savent les plus anciens du bourg
de Péanée. Je suis surpris que tu oses insulter
Philon, et cela devant les plus sages de la ville qui
sont venus ici pour nous juger, et qui sont plus
attentifs à notre conduite qu'à nos discours.
Crois-tu qu'ils n'aimeraient pas mieux avoir dix
mille soldats qui ressemblent à Philon pour la
force du corps et la sagesse de l'âme, que trente
mille efféminés comme toi? Tu fais un crime à
Épicrate, frère de Philon, de la douceur de son
caractère; mais qui l'a jamais vu se conduire
mal, ou, pendant le jour, aux fêtes de Bacchus,
comme tu le dis, ou pendant la nuit? Tu ne
pourras pas dire que ses désordres étaient cachés,
puisque sa personne était connue.

48. J'ai eu, Athéniens, de la fille de Philodème,
sœur de Philon et d'Épicrate, trois enfants, une
fille et deux fils. Je les présente aux juges pour
leur prouver mon innocence, et leur faire une

question. Je vous le demande, Athéniens, vous semble-t-il qu'outre ma patrie, mes amis, les temples des dieux et les tombeaux de nos ancêtres, j'aie livré à Philippe ces enfants, ce que j'ai de plus cher au monde? Croyez-vous que j'aie préféré l'amitié de Philippe à leur conservation? Quelle passion aurait pu m'y entraîner? L'amour de l'argent m'a-t-il jamais fait commettre quelques bassesses? Ce n'est pas la Macédoine qui nous fait bons ou méchants, c'est notre naturel. Nous ne sommes pas changés au retour d'une ambassade, nous sommes encore tels que vous nous avez envoyés. Je me suis trouvé associé, dans des fonctions publiques, au plus perfide, au plus méchant des hommes, qui ne dirait rien de vrai, même s'il y était contraint. Lorsqu'il débite un mensonge, il commence par le parjure, lançant des regards effrontés. Il ne se contente pas de dire faussement qu'une telle chose est; il précise le jour où elle est arrivée, il forge le nom d'un personnage qui en a été témoin, en un mot, il contrefait de tout point le langage de l'homme véridique.

49. Mais heureusement pour nous, qui sommes innocents, il ne montre aucun jugement dans ce tissu d'impostures. Car, voyez la folie et la grossièreté de cet homme qui, au sujet d'une Olynthienne, a débité contre moi une telle calomnie,

que vous l'avez interrompu vous-mêmes, sachant
combien je suis éloigné des excès qu'il m'a reprochés. Mais voyez, comme il s'est préparé de
loin à cette accusation. Il y a parmi nous un
étranger, nommé Aristophane, citoyen d'Olynthe.
Il fut recommandé à Démosthène dont on lui
avait vanté le talent oratoire. Celui-ci le reçut
fort gracieusement, lui rendit toute sorte de services, et le détermina à porter un faux témoignage
contre moi. Il lui déclara donc qu'il lui donnerait
cinq cents drachmes, et autant après la déposition, s'il voulait se plaindre devant vous, et soutenir que dans l'excès du vin j'ai fait violence à
une malheureuse captive, sa parente. Aristophane
lui répondit, comme il l'a raconté lui-même,
qu'une telle proposition convenait fort bien à la
misère d'un exilé, que Démosthène, en la faisant,
donnait des preuves de sa sagacité; mais qu'il se
trompait étrangement sur le caractère de l'exilé,
qui ne ferait jamais rien de pareil. Pour vous
prouver la vérité de mes paroles, je vais produire
ce même Aristophane. Appelez Aristophane, et
lisez sa déposition. Faites paraître également Dercyle, fils d'Autoclès d'Agnuse, et Aristidé, fils
d'Euphilète de Céphésie, qui ont appris le fait
de sa bouche, et qui sont venus me le rap-
porter.

TÉMOIGNAGES.

Vous entendez la déposition des témoins qui
se sont obligés par serment à dire la vérité. Vous
vous souvenez de ces tours odieux de rhéteur,
dont il amuse les jeunes gens, et dont il se sert
aujourd'hui contre moi. Vous vous rappelez qu'en
déplorant les malheurs de la Grèce par des larmes
feintes, il a décerné des éloges à Satyrus, acteur
comique, pour avoir demandé à Philippe, au milieu des excès de la table, la délivrance des prisonniers enchaînés qui travaillaient dans la vigne
du roi. Ayant établi ce fait, il s'écria avec sa voix
aiguë et perfide : Quoi, un acteur, chargé des rôles
les plus vils, s'est montré si grand et si généreux,
et le conseiller d'une grande république, qui
avait harangué les principaux chefs de l'Arcadie,
n'a pu se contenir. Échauffé par le vin, à la
table de Xénodochus, ce courtisan de Philippe,
saisit par les cheveux une captive infortunée, et
la frappe de son fouet. Si donc Démosthène eût
été cru, si Aristophane eût rendu un faux témoignage, j'aurais péri, convaincu en apparence
d'un crime horrible. Et ce mauvais génie, qui
m'est si funeste, puisse-t-il ne l'être pas à vous
tous, le laisserez-vous au milieu de vous? Quoi?
vous auriez purifié l'assemblée, et cet homme
aurait part à vos décrets, pour adresser des prières

au ciel, ou pour envoyer des armées de terre et
de mer? Mais Hésiode dit :

Souvent toute une ville est victime de la mé-
chanceté d'un seul homme, dont la conduite
criminelle irrite les dieux.

50. J'ajouterai un dernier mot à ce que j'ai
dit. S'il y a au monde un genre de perfidie dans
lequel Démosthène n'ait point excellé, je veux
passer condamnation, et être puni de mort. Mais
l'accusé a bien d'autres soucis; il est trop occupé
de sa défense pour se livrer à une juste indignation; il est trop attentif à n'oublier aucun grief
allégué contre lui. Cependant, je vais rappeler à
votre mémoire comme à la mienne les imputations
de mon accusateur. Examinez, Athéniens, chaque
article. Suis-je accusé d'avoir proposé un décret,
d'avoir détruit une loi, ou d'avoir empêché la
sanction d'une autre, d'avoir conclu quelque
traité au nom de la République, d'avoir retranché
du traité de paix quelqu'article arrêté par vous,
ou de n'en avoir pas admis d'autres pour lesquels
vous vous prononciez? La paix déplaisait à quelques orateurs! mais ne leur était-il pas permis de
faire leurs réclamations, quand on l'a conclue?
Fallait-il attendre jusqu'aujourd'hui pour me
mettre en jugement? Quelques-uns, pendant la
guerre, s'enrichissaient de vos contributions et
de vos revenus; ils ne peuvent plus le faire main-

tenant ; car la paix n'enrichit pas les oisifs. Ceux
donc qui, sans avoir souffert aucun préjudice,
nuisent à la République, feraient punir les défenseurs de la paix ; et vous, qui jouissez des
avantages de la paix, vous abandonneriez des
citoyens qui servent si utilement leur patrie !

51. Mais, dit l'accusateur, j'ai chanté les triom-
phes de Philippe au moment où les villes de la
Phocide venaient d'être renversées. Quelle preuve
pourrait-il vous en fournir ? J'ai été, il est vrai,
invité à un repas avec les autres députés. Les invités et les convives, y compris les députés de la
Grèce, n'étaient pas moins de deux cents. Je me
faisais remarquer parmi eux, au dire de Démosthène, je n'étais point taciturne, je chantais. Cependant, il n'était pas des nôtres, et il n'a produit
le témoignage d'aucun député présent. Et comment donc me serais-je fait remarquer (1), à moins
d'entonner comme dans les chœurs ? Si je me
suis tu, tu m'accuses à faux ; si j'ai chanté avec
les autres députés mes collègues, pendant les
prospérités de notre patrie, alors qu'on n'avait à
déplorer aucun malheur public, quand la divinité
était honorée et Athènes exempte d'affront, j'ai

_____

(1) Καὶ τῷγε δῆλος ἦν, à qui étais-je connu ? Qui a pu me reconnaître ? ou par quoi pouvait-on me distinguer ?

fait acte de piété ; du moins je n'ai point prévariqué, et l'on doit m'absoudre. Pour le fait que tu allègues, je suis un homme dur et sans pitié ; mais tu as fait preuve de piété, toi, l'accusateur de ceux avec lesquels tu as mangé et fait des libations.

52. Tu m'as reproché ma versatilité dans les fonctions publiques, tu m'as fait un crime d'avoir été en ambassade vers Philippe, après que j'eus excité les Grecs contre lui. Mais, si tu me fais ce reproche, il faudra bien le faire à toute la république d'Athènes. Vous aviez fait la guerre aux Lacédémoniens, et vous les avez secourus après leur déroute désastreuse de Leuctres. Vous aviez ramené dans leur patrie les Thébains fugitifs, et vous avez combattu contre eux à Mantinée. Vous avez battu les Érétriens et Thémison leur chef, et plus tard vous les avez sauvés. Mille fois vous avez agi ainsi à l'égard des Grecs. Car, pour les États comme pour les particuliers, c'est une nécessité de se plier aux circonstances. Quel est le devoir d'un honnête conseiller de la République ? Ne doit-il pas conseiller ce qui est le plus expédient dans le moment présent ? Mais l'accusateur perfide, que fera-t-il ? Sans aucun doute, il doit taire soigneusement les circonstances, et ne s'attaquer qu'aux faits. Mais à quelles marques reconnaîtra-t-on un traître ? Un traître, n'est-ce pas celui qui compose

à prix d'argent des plaidoyers qu'il livre à la partie adverse, comme tu as fait à l'égard de ceux qui se sont adressés à toi, et qui t'avaient donné leur confiance? Tu as composé pour Phormion un plaidoyer qu'il t'a payé, et tu l'as livré à Apollodore, qui poursuivait Phormion pour un crime capital. Tu es entré dans la maison d'Aristarque, fils de Moschus, maison riche et florissante, tu l'as ruinée. Tu as reçu d'Aristarque exilé trois talents. Tu l'as privé de toute ressource dans l'exil, sans craindre d'être en opposition avec toi-même, qui t'étais déclaré le zélé protecteur de ce jeune homme. Mais cela n'était pas; car un méchant ne saurait véritablement aimer. Voilà le traître: c'est à de pareils traits qu'on le reconnaît.

53. Il a parlé quelque part de mon service militaire, et m'a traité de beau guerrier. Je crois pouvoir et devoir toucher ce sujet, non pour répondre à ses injures, mais à cause du péril où je me vois. Car, dans quel lieu, en quel temps, et devant qui en parlerai-je jamais, si ce n'est aujourd'hui devant vous? — Au sortir de l'enfance, je fus employé pendant deux ans à la garde de nos frontières (1), comme je le ferai attester par

_____

(1) Les Athéniens étaient obligés au service militaire à l'âge de dix-huit ans. Ils étaient employés pendant deux à la garde des frontières, et s'appelaient περίπολοι. Ce n'était qu'à l'âge de vingt ans, qu'on les faisait servir dans l'armée au dehors.

mes compagnons d'armes et par les chefs qui
commandaient alors. Je combattais d'abord à
part(1). J'accompagnai le convoi de Phlionte avec
mes jeunes compagnons et les soldats étrangers
d'Alcibiade. Comme nous fûmes attaqués par
l'ennemi près du fossé Némée, je combattis de
manière à mériter les éloges de mes chefs. Je fis
en partie d'autres expéditions où nos soldats furent
successivement relevés. Je me distinguai à la bataille de Mantinée. Je me montrai digne de la
République dans l'expédition de l'Eubée; à la
bataille de Tamynes, mon audace, à la tête
d'une troupe d'élite, me valut l'honneur d'être
couronné par les généraux et par le peuple,
lorsque, chargé de lui annoncer la victoire, je
revins ici accompagné de Téménide, officier de
l'armée, député du camp, qui rendit témoignage à ma bravoure. En preuve de ces assertions, lisez le décret qui me couronna; faites
paraître Téménide et les citoyens avec lesquels
j'ai servi. Faites paraître aussi le général Phocion, non point encore en qualité de défenseur,
si mes juges le permettent, mais comme un té-

---

(1) Suidas nous donne l'explication de ce passage diversement
interprété, ἐν τοῖς μέρεσι. Les jeunes Athéniens, devenus à l'âge de
dix-huit ans περίπολοι, combattaient à part, chacun pour son
compte, là où le besoin l'exigeait : voilà ce qu'on appelle στρατείαν
ἐν τοῖς μέρεσι.

moin que je livre à la malignité de mon accusateur, s'il trahit la vérité.

DÉCRET, TÉMOIGNAGES.

Puis donc, Athéniens, que je vous ai apporté
la première nouvelle de la victoire et des exploits
de vos enfants, je vous supplie de sauver, dans
ce premier péril auquel elle se voit exposée, la
vie d'un citoyen qui n'est l'ennemi que des méchants, et non pas du peuple comme le prétend
mon accusateur; d'un citoyen qui ne vous dé-
tourne pas d'imiter les ancêtres de Démosthène
(car il n'en a pas), mais qui vous exhorte à suivre
les exemples de sagesse que vous ont laissés vos
aïeux. Je vais, remontant plus haut, vous les
montrer plus clairement.

54. Notre République jouit d'abord d'une
grande prospérité après la bataille de Salamine,
et, quoique nos murs fussent renversés par les
barbares, notre état de paix avec Lacédémone
maintint notre démocratie. Puis, à l'instigation
de quelques citoyens, nous fîmes la guerre aux
Lacédémoniens; ils eurent beaucoup à souffrir de
notre part, et nous de la leur. Cimon, fils de
Miltiade, leur fut envoyé; il était leur ami, il fit
avec eux une trêve de cinquante ans. Nous en
jouîmes pendant treize ans. Nous profitâmes de
cet intervalle pour fortifier le Pirée, pour relever

la partie septentrionale de nos murs, pour ajouter
trois cents vaisseaux à ceux que nous avions déjà,
pour renforcer notre cavalerie de trois cents
hommes, pour acheter trois cents archers scythes.
Nous consolidâmes ainsi notre gouvernement populaire. Poussée par des hommes imprudents et
d'une basse extraction, la République fut engagée
dans la guerre contre les Éginètes, guerre qui lui
causa de grands maux, et lui fit regretter la paix;
Andocide, à la tête d'une députation, fut envoyé
vers les Lacédémoniens, et conclut avec eux une
paix de trente ans, ce qui releva complètement
nos affaires. Nous déposâmes mille talents d'argent
monnayé dans notre citadelle, nous construisîmes
cent nouveaux vaisseaux, nous bâtîmes des arsenaux, nous renforçâmes notre armée de douze
cents cavaliers et d'un égal nombre d'archers;
enfin, on releva la longue muraille du midi, et
personne n'essaya à renverser le gouvernement
démocratique. On nous engagea de nouveau dans
la guerre contre les Mégaréens. Après avoir vu
ravager nos campagnes, et fait des pertes considérables, nous avons demandé la paix que nous
avons conclue par l'intermédiaire de Nicias, fils
de Nicérate. Pendant cette paix, nous remîmes
au trésor de la citadelle sept mille talents, nous
construisîmes trois cents vaisseaux légers, bien
équipés. Nous levions chaque année un tribut

de plus de douze cents talents, nous tenions sous
notre obéissance Naxe, l'Eubée et la Chersonèse,
où nous établîmes plusieurs colonies. Au milieu
de cette brillante prospérité, les Argiens parvin-
rent à nous persuader de faire la guerre aux Lacédémoniens, et, à la fin, nous fûmes réduits par
des orateurs fougueux à recevoir une garnison
dans notre ville, et à subir l'odieuse domination
des quatre cents, ensuite des trente tyrans. Nous
fîmes la paix, ou plutôt nous fîmes ce qu'on nous
commandait. Revenu à une conduite plus sage,
le peuple fut ramené de Phyle par Archine et
Thrasybule, ses défenseurs, qui lui firent jurer
une amnistie générale, amnistie dont la sagesse
fut vantée dans toute la Grèce. Le peuple s'étant
relevé, et ayant repris ses premières forces, des
hommes qui avaient obtenu le droit de citoyen
par la fraude, s'attachant la partie turbulente de
la ville, fomentant la guerre, augurant et annon-
çant des malheurs pendant la paix, excitant par
leurs discours des esprits vifs et ardents ; eux qui
n'osent se présenter les armes à la main, quoiqu'ils soient chargés de lever des troupes et de
commander des flottes, ces hommes, dis-je, coupables des plus honteux excès, déshonorés par
leur méchanceté, nous jettent dans les derniers
périls. Ayant toujours à la bouche le nom de dé-

mocratie, dont ils sont si éloignés par leur conduite, voués à la flatterie, violateurs de la paix, qui est le soutien du gouvernement populaire, excitant à la guerre, dont la suite est l'oppression du peuple, ils se réunissent aujourd'hui contre moi pour m'accabler. Philippe, disent-ils, a acheté la paix, il nous a tout enlevé pendant la conclusion du traité, il a violé la paix qu'il trouvait si utile à ses desseins (1). Ils me poursuivent, non comme député, mais comme répondant de Philippe, et comme caution de la paix. Ils me rendent responsable des événements, moi qui n'avais pas même la parole entièrement à ma disposition. Le même homme qui me loue dans ses décrets, me poursuit devant les tribunaux. Nous étions dix députés, et je suis le seul à qui on demande des comptes.

55. Voyez devant vous, joignant leurs prières aux miennes, mon père d'abord, à qui vous n'ôterez pas l'espérance de sa vieillesse, mes frères qui, séparés de moi, ne pourraient supporter la vie ; voyez ceux qui me sont unis par alliance, et ces pauvres petits enfants, incapables encore de comprendre le péril de leur père ; mais bien à

---

(1) Συμφέρουσαν. Cette phrase est presque inintelligible ; car on ne conçoit pas que Philippe ait désiré rompre une paix qui était favorable à ses desseins.

plaindre, s'il lui arrive malheur. Je vous prie, je vous supplie d'avoir pitié d'eux, et de ne pas les livrer à un homme indigne de ce nom, à un homme qui montre l'implacable ressentiment d'une femme.

56. J'invoque, et j'implore pour mon salut, d'abord tous les dieux, et vous ensuite, maîtres de mon sort, vous, auprès de qui je me suis justifié sur tous les griefs, autant que j'ai pu m'en souvenir. Je vous conjure de m'absoudre, et de ne pas me sacrifier à ce vil compositeur de harangues, à ce scythe pervers. Vous qui avez des enfants, ou qui vous intéressez au jeune âge, vous qui vous rappelez qu'en faisant condamner Timarque, j'ai fait une exhortation immortelle à la vertu. Je vous supplie, vous tous que je n'ai jamais importunés, vivant sans faste et sans luxe comme le plus simple particulier, n'ayant jamais conspiré contre vous dans les procès politiques, je vous demande la conservation d'un citoyen qui vous a servis avec zèle dans les ambassades, et qui a résisté seul à l'attaque de la calomnie qui a fait succomber plus d'un illustre guerrier. Car la mort est moins affreuse que l'opprobre qui la suit au delà du tombeau.

57. Il est bien dur sans doute de voir le visage d'un ennemi qui insulte en face, et d'entendre de

ses propres oreilles les injures qu'il vomit; et
pourtant j'ai affronté ces outrages, j'ai livré ma
personne à ce danger. J'ai été élevé au milieu de
vous, appliqué aux mêmes exercices, mes plaisirs
n'ont été funestes à aucun de vous. Chargé du
rôle d'accusateur dans le recensement du peuple,
je n'ai exilé aucun citoyen; personne n'a couru des
dangers pour une charge dont il était comptable.
Encore quelques mots, et je descends de la tribune.

58. Il était bien en mon pouvoir, Athéniens,
de ne vous causer aucun préjudice ; mais ne subir
aucune accusation, cela dépendait de la fortune,
qui m'a mis aux prises avec un calomniateur, avec
un barbare, qui, au mépris des lois les plus
saintes, au mépris de libations communes, au
mépris de la table que nous avons partagée,
s'élève contre moi, armé d'imputations mensongères, sans doute pour effrayer ceux qui voudraient jamais se déclarer ses adversaires. Si vous
êtes déterminés à soutenir les partisans de la
paix, les courageux soutiens de votre tranquil-
lité, vous trouverez toujours des citoyens prêts à
défendre vos intérêts, et à exposer leur vie pour
vous.

59. J'appelle à mon secours Eubule, un des
hommes les plus sages et les plus versés dans les

affaires ; Phocion, votre général, si distingué par
sa justice ; et parmi ceux de mon âge, parmi mes
amis, Nausiclès, et tous ceux enfin que j'ai fréquentés et dont j'ai partagé les occupations. Mon
discours est fini : décidez de mon sort, que la loi,
que moi-même je remets entre vos mains.

FIN DU TROISIÈME ET DERNIER VOLUME.

TABLE.

FIN DE LA TABLE.

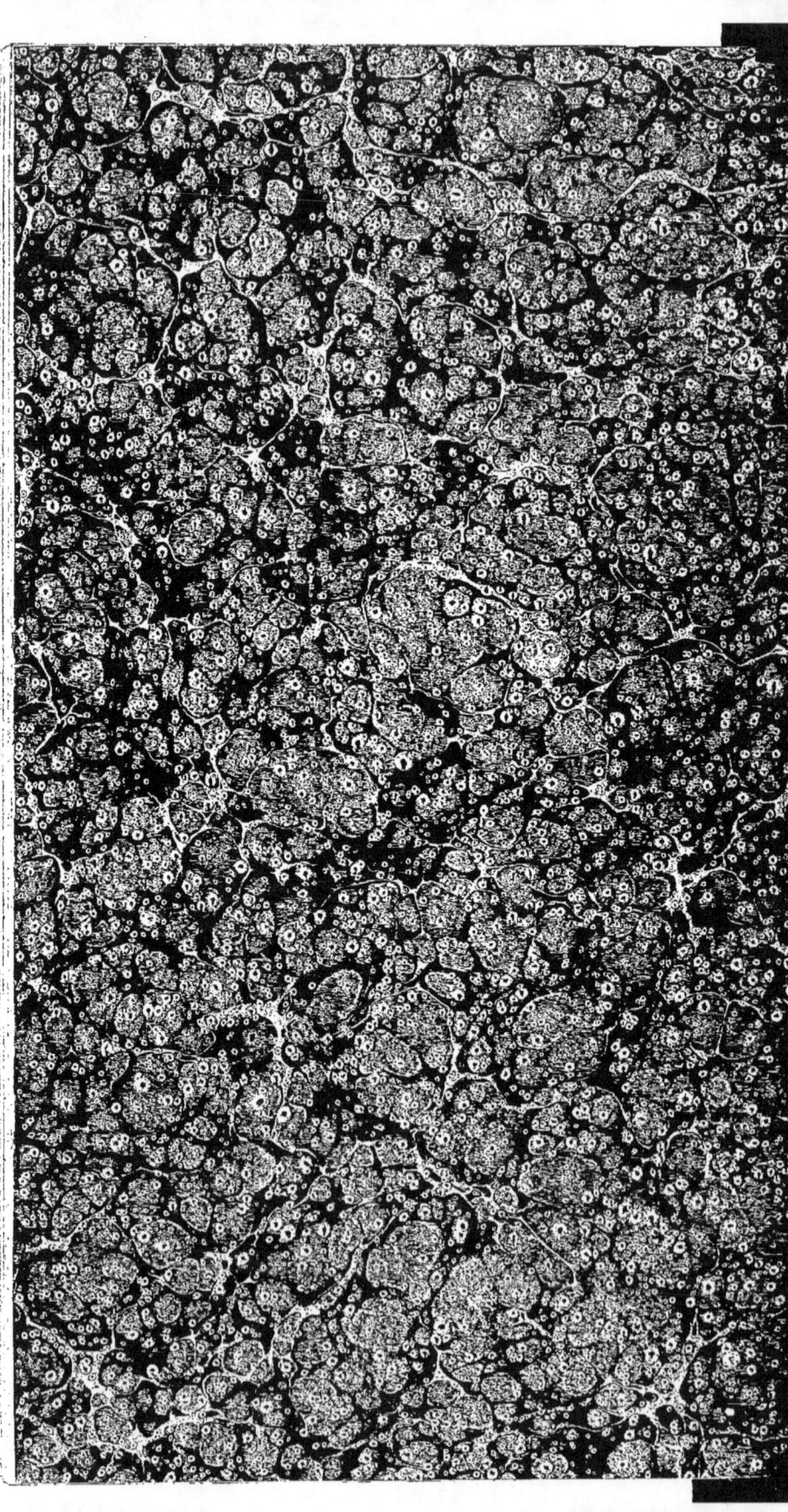

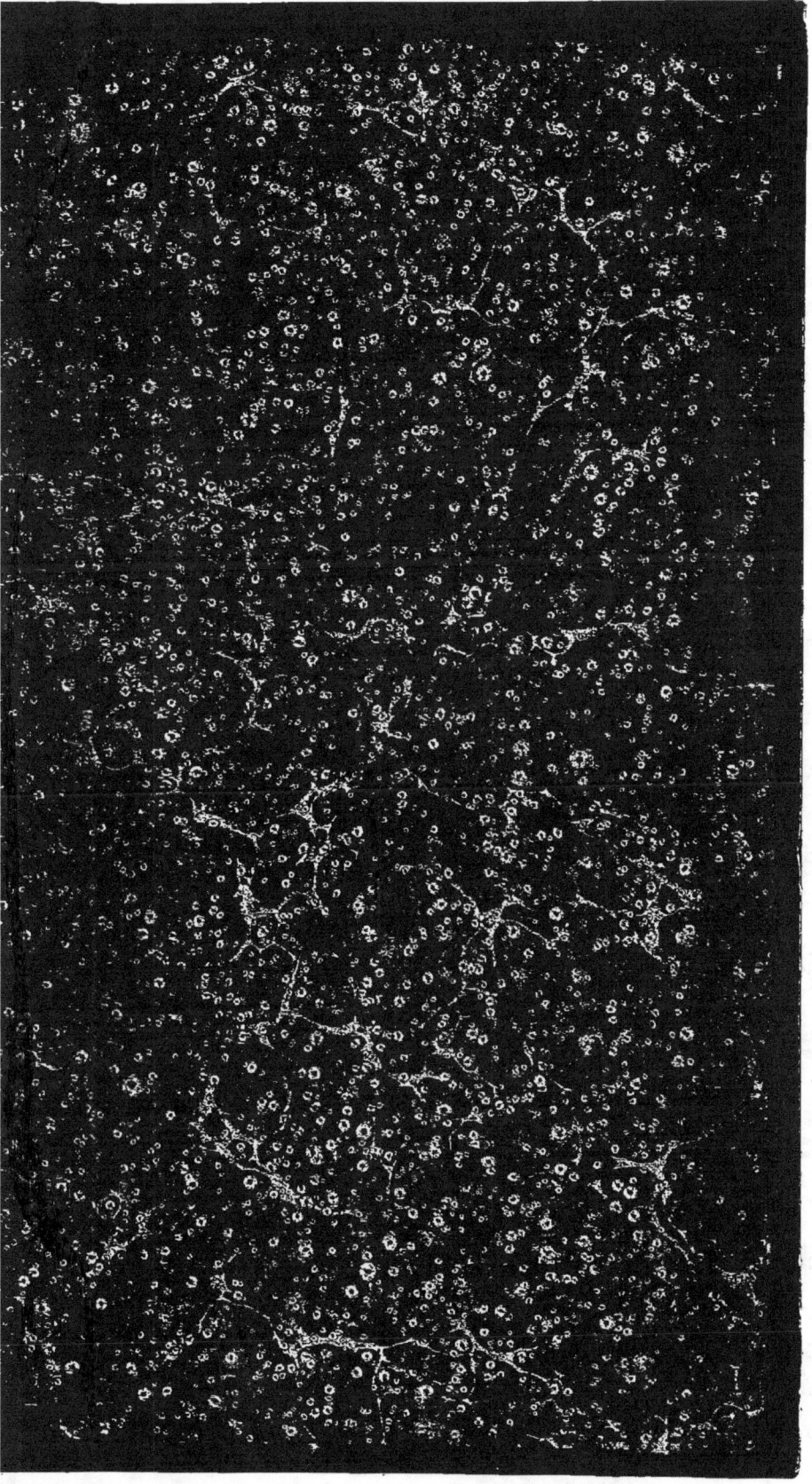

www.ingramcontent.com/pod-product-compliance
Lightning Source LLC
Chambersburg PA
CBHW061433030726
47503CB00005B/1391